BESTSELLERWORLDBOOK 14

비밀일기

S. 타운젠드 지음 | 박용철 옮김

소담출판사

박용철

서강대학교 영어영문학과 졸업.
공저로 『한국 사회문화 현상의 기호론적 분석』 『비전 2000』,
역서로 『광고인이 되는 법』 외 다수가 있다.

 sodampublishingcompany

BESTSELLER WORLDBOOK 14

비밀일기

펴낸날 │ 1991년 9월 3일 초판 1쇄
        2003년 2월 20일   초판 17쇄
지은이 │ S. 타운젠드
옮긴이 │ 박용철
펴낸이 │ 이태권
펴낸곳 │ 소담출판사
        서울시 성북구 성북동 178-2 (우)136-020
        전화 │ 745-8566~7 팩스 │ 747-3238
        e-mail │ sodam@dreamsodam.co.kr
        등록번호 │ 제2-42호(1979년 11월 14일)

ISBN 89-7381-014-6 00840
● 책 가격은 뒤표지에 있습니다

The Secret Diary Of Adrian Mole Aged 13 $\frac{3}{4}$

S. TownZend

13¾세 소년 아드리안 모올의 〈비밀일기〉에 대한 아끼지 않은 찬사들

세계에서 가장 유명한 10대들, 즉 허클베리 핀, 톰 소여, 로미오와 줄리엣 등을 집합시킨다면
사랑스럽고 지성적인 우리의 아드리안 모올도 결코 빠질 수 없을 것이다.
— Times Educational Supplement —

소년의 경이적인 눈을 통하여 슬픔과 불행으로 얼룩진 현실 세계를 풍자적으로 꼬집고,
그러나 천진함과 어른스러움이 독특하게 공존하는 세계를 창조해 냈다.
— Time Out —

모든 읽을거리 가운데에서 가장 재미있고 씁쓸하면서도 달콤한 책이다. 아드리안은
정말이지 대단한 어린이다. 읽어보라. 심술 속에서도 달콤하게 녹아나는 기쁨이 있다.
— Daily Mirrow —

The Secret Diary Of
Adrian Mole Aged 13 $\frac{3}{4}$

차 례

1월 ● January

1월 1일 목요일 **잉글랜드, 아일랜드, 스코틀랜드, 웨일즈의 공휴일**

새해를 맞은 나의 결심 여덟 가지

1. 길을 건너는 장님을 보면 꼭 돕는다.

2. 바지는 벗어서 꼭 옷걸이에 걸어둔다.

3. 레코드판을 사용하고 난 다음에는 반드시 판을 껍데기에 집어넣어 둔다.

4. 담배는 절대 배우지 않는다.

5. 여드름을 절대 짜지 않는다.

6. 개한테 더욱 잘해준다.

7. 가난하고 못 배운 사람들을 돕는다.

8. 어젯밤 아래층에서 싸우는 소리를 듣고 앞으로 술은 절대로 마시지 않겠다는 결심을 덧붙인다.

어젯밤 파티에서 아버지는 개한테 체리 브랜디를 먹여 취하게 만들었다. '애완동물학대 예방 협회'에서 이 사실을 안다면 혼이 났을 것이다. 크리스마스가 벌써 8일이나 지났는데 엄마는 내가 사드린 초록색 앞치마를 아직 한번도 두르지 않았다! 내년 크리스마스엔 목욕 비누를 사드려야겠다고 생각했다.

아아, 속상해. 새해 첫날인데 턱에 여드름이 하나 생겼다!

1월 2일 금요일 **스코틀랜드의 공휴일, 보름달**

기분이 몹시 우울하다. 새벽 두 시에 계단 꼭대기에서 「마이 웨이」
를 부르는 엄마에게 문제가 있는 것 같다. 그런 술꾼 엄마를 갖고 있다
는 것 자체가 나에겐 불운이다. 우리 엄마 아버지는 어쩌면 알코올 중
독자가 될지도 모른다는 불안한 생각이 든다. 그렇게 되면 아마도 내
년쯤 나는 고아원에 가 있을지도 모르겠다.

그놈의 개가 또 아버지한테 야단맞을 짓을 저질렀다. 녀석이 아버지
의 모형 배를 밟아 부수고, 돛을 발에 감은 채 마당으로 달아난 것이
다. 아버지는 "세 달 동안 힘들여 만든 게 모두 헛수고가 되버렸어"라
는 말을 지겹도록 되풀이하셨다.

턱의 여드름은 자꾸 커진다. 비타민에 대한 엄마의 무지 탓이다.

1월 3일 토요일

잠을 못 자서 미칠 노릇이다! 아버지가 개에게 금족령을 내렸기 때
문에 밤새도록 내 방 창 밑에서 낑낑거리는 그 녀석의 울음소리에 시
달렸다. 아아, 인생이란 무엇인가, 아버지는 그 녀석에게 알고 있는 대
로 욕을 퍼부었다. 계속 그러시다간 경찰서에서 경범죄로 체포할지도
모른다.

여드름은 뾰루지같이 커져 버렸다. 하필 눈에 잘 띄는 곳에 돋아나
다니. 아! 괴롭다. 엄마에게 오늘은 비타민C를 먹지 못했다고 말했더

니 늘 하는 소리 "그럼 가서 오렌지를 사 먹으렴!" 한다. 내가 그럴 줄 알았지.

아직도 엄마는 그 초록색 앞치마를 입지 않았다.

다시 학교에 가게 되어서 즐겁다.

1월 4일 일요일 크리스마스 이후 두 번째 일요일

아버지께서 지독한 감기에 걸렸다. 요즈음 우리 집의 식탁을 생각하면 그럴만도 하다. 엄마는 비가 오는데도 비타민C 드링크제를 사러 나갔지만, 이미 말했듯이 버스는 지나간 후였다. 괴혈병에 걸리지 않은 것만도 다행이다. 엄마는 내 턱에 아무 것도 안 났는데 왜 난리냐고 하지만 그건 엉망진창인 식사에 대한 죄책감에서 하시는 말씀.

엄마가 문을 닫지 않고 나가서 개가 도망쳤다. 그리고 난 전축바늘을 부러뜨렸다. 아직은 아는 사람이 아무도 없다. 다행스럽게도 아버지가 오래 편찮으실 것 같다. 전축을 트는 사람은 나 말고 아버지뿐이니까.

1월 5일 월요일

개가 아직 돌아오지 않았다. 그 녀석이 없으니 이렇게 조용한걸. 엄마는 경찰서에 전화를 걸어 개 분실 신고를 했는데 눈 위의 털이 헝클어져 있다는 식으로 사실보다 볼품없이 묘사하셨다. 경찰이 개나 찾고 있어야 할까? 그 시간에 훨씬 더 중요한 일을 해야 할 것 같다. 엄마한테 그렇게 말했지만 계속 여기저기 전화를 돌리고 계신다. 개 때문에 엄마가 살해당할 뻔했다면 그럴만도 하겠지만…….

아버지는 아직도 침대에 누워 계신다. 편찮으시다고 하면서도 계속 담배를 피우시다니!

니겔이 오늘 놀러 왔다. 크리스마스 휴가 동안 새까맣게 타 있었다. 아무래도 영국의 추위 때문에 곧 몸살을 앓게 될 거다. 그 애 부모님도 참, 그 먼 외국까지 아들을 데리고 가다니……. 하지만 니겔은 아직 여드름이 하나도 없다.

1월 6일 화요일 주현절(主顯節) 축제일, 초승달

개가 또 사고를 쳤다!

수도 검침원에게 덤벼들어 자전거를 들이받는 바람에 그의 검침 카드가 사방으로 흩어지고 엉망이 돼버렸다. 어쩜 우리 식구 모두가 고발을 당할지도 모른다. 경찰은 개 단속을 철저히 하라고 이른 후, 언제부터 개가 다리를 저느냐고 물었다. 엄마가 그럴 리 없다면서 개를 찬찬히 살펴보니 왼쪽 발가락 사이에 조그만 장난감 인형이 끼여 있는 게 아닌가?

엄마가 인형을 빼주자 기분이 좋아진 개가 그 더러운 앞발로 경찰관에게 기어올라서 그의 제복이 온통 진흙투성이가 돼버렸다. 엄마는 부엌에서 행주를 가져와 얼른 닦아 주었지만 그 행주는 내가 딸기잼 칼을 닦았던 것이어서 제복은 오히려 더 지저분해지고 말았다. 그는 결국 아무 말도 안하고 돌아갔지만 우리를 무척 욕할 것이다. 아무래도 사과편지를 써야겠다.

사전에서 '주현절'이란 단어를 찾아봐야지.

1월 7일 수요일

오늘 아침에 니겔이 새 자전거를 타고 놀러 왔다. 물통과 주행 미터기, 속도계가 있고, 노란 안장에다 가느다란 경주용 바퀴가 달린 자전거였다. 기껏해야 가게나 왔다갔다할 니겔에게는 과분한 것이란 생각이 든다. 내게 만일 그런 자전거가 있다면 난 그것을 타고 전국을 돌며 인생 경험을 쌓을 텐데…….

여드름인지 뾰루지인지는 이제 커질 대로 커져 있었다. 제발 더 이상 심해지지만 말아라!

사전을 들추다가 마침내 '꾀병'이라는 단어를 발견하고 우리 아버지에게 꼭 어울린다는 생각을 했다. 아버지는 아직도 비타민C를 마시며 침대에 누워 계신다.

개는 창고에 갇혀 있다.

주현절은 동방박사 세 사람과 관련이 있는 날이란다. 기쁘다!

주현절(主顯節)—(가톨릭교 및 감리교회에서 행하는)1월 6일의 축제일, 그리스도가 30회째의 생일에 세례를 받고 하나님의 아들로서 세상에 나타나게 된 일을 기념하는 날임. 특히 동방(東方)의 세 박사에게 그리스도의 영광이 나타난 것을 기념함.

1월 8일 목요일

이제는 엄마마저 감기로 앓아 누우셨다. 이것은 곧 내가 두 환자를 돌보아야 한다는 결론이다. 아휴, 내 신세야!

하루 종일 계단을 오르내렸다. 저녁엔 두 분을 위해 굉장한 요리를 장만했다. 콩을 섞은 계란 두 개와 푸딩 통조림이었다(마침 초록색 앞치마를 두르고 있어 다행이었다. 하마터면 계란이 넘쳐서 내 옷에 쏟아질 뻔했다). 그런데 두 분은 입도 대지 않으셨다. 내가 조금만 자제력이 없는 아이였다면 톡 쏘아 주었을 것이다. 못 먹을 정도로 심하게 아픈 것도 아니면서……. 남은 음식은 창고에 있는 개한테 줘버렸다. 내일 아침엔 할머니가 오실 테니 태운 냄비를 깨끗이 닦아 놓고 개를 데리고 산책을 나가야 한다. 이럭저럭 해놓고 잠자리에 들려고 보니 11시 반이다. 이러니 내 키가 나이에 비해 작은 게 당연하지.

절대 의사는 되지 않겠다고 결심했다.

1월 9일 금요일

어제는 밤새도록 기침소리가 집안을 울렸다. 이쪽 저쪽에서 콜록 콜록 콜록……. 이렇게 고생해도 누구하나 알아주지 않는다.

아침에 할머니가 오셔서 집안 꼴을 보시곤 혀를 내두르셨다. 그래도 항상 깨끗이 정돈되어 있는 내 방을 구경시켜 드렸더니 50펜스를 주셨다. 할머니는 쓰레기통에 가득 담긴 드링크 병들을 보고 다시 한번 질겁을 하셨다.

할머니는 창고에 갇힌 개도 풀어 주셨다. 개를 난폭하게 가둔 엄마를 욕하면서 말이다. 그런데 그 녀석이 부엌 바닥에 엎드려 낑낑거리자 이번엔 할머니가 다시 가두어 버렸다.

할머니가 턱에 난 내 여드름을 기어이 짜 주었다. 덕분에 결과는 더 악화되고 말았다. 할머니에게 초록색 앞치마 얘기를 했더니, 할머니께선 매년 크리스마스 때마다 엄마에게 170% 아크릴 사로 짠 스웨터를 사주었지만 여태껏 엄마가 입는 것을 한번도 못 보았다고 불평하셨다.

1월 10일 토요일

오전.

이번엔 개가 병에 걸렸다. 증세가 심한 것 같아서 수의사를 불렀다. 아버지는 이틀 동안 개를 창고에 가두었다는 사실을 의사에게 얘기하지 말라고 신신 당부하셨다. 개한테서 균이라도 옮을까봐 방지하기 위해 여드름 짠 자리에 반창고를 붙였다.

수의사가 개를 데려갔다. 장폐색이라는 병인데 응급수술을 받아야 한다는 것이다.

할머니는 엄마와 한바탕 싸우고 돌아가셨다. 할머니가 크리스마스 때 선물한 스웨터들이 조각조각 찢겨져 먼지 닦는 걸레가 된 것을 발견한 것이다. 아까운 건데 어떻게 그럴 수가 있을까.

이웃집의 루카스 씨가 아직 자리에 누워 있는 엄마 아버지의 병문안을 오셨다. 몇 송이의 꽃과 문안카드를 가져온 그분을 엄마는 가슴이 드러난 잠옷 차림으로 침대에서 맞았다. 엄마가 깔깔거리며 루카스 씨와 이야기하는 동안 아버지는 자는 척하였다.

니겔이 레코드를 가지고 왔다. 그 애는 펑크 족이 되어가고 있는 듯하다. 나는 가사도 잘 알아듣지 못할 음악을 즐기는 것은 무의미하다고 생각한다. 아무래도 난 지식인이 되어 가는 것 같다. 그래서 걱정이다.

오후.

병원으로 개를 보러 갔다. 수술은 이미 끝나 있었다. 의사는 잡동사니들이 들어 있는 주머니를 보여주었다. 주머니엔 석탄 덩어리와 크리스마스 케이크의 장식용 전나무 조각, 그리고 아버지의 모형 배에서 떨어진 장난감 해적들이 들어 있었다. 해적들 중에는 칼까지 휘두르고 있었으니 개가 온전했을 리 없지. 여하튼 개는 훨씬 건강해 보였다. 불행하게도 이틀 후면 퇴원할 거란다.

집에 돌아오니 아버지는 전화로 할머니와 입씨름을 하고 계셨다. 쓰레기통의 빈 병들이 문제가 된 것 같다.

엄마는 루카스 씨와 이층에서 이야기하고 계셨다. 루카스 씨가 돌아가자 아버지는 곧장 위층으로 올라가서 엄마와 심한 말다툼을 벌였고 엄마도 잔뜩 화가 났다. 아버지는 몹시 화가 나 있었는데, 그건 곧 기분이 좋아지리란 것을 뜻한다. 엄마가 시키지도 않았는데 차를 끓여 갔더니 그 일로 엄마는 또 우셨다. 세상엔 아무리 애써도 즐겁게 해줄

수 없는 사람들이 있다.

여드름은 여전하다.

1월 11일 일요일 **주현절 이후 첫째 주일**

이제 나는 내가 지식인이라는 사실을 확신할 수 있다. 어젯밤 텔레비전에서 말콤머저리지를 보았는데 그의 얘기를 거의 다 알아들을 수가 있었다. 문제 가정, 형편없는 식사, 펑크 스타일을 싫어하는 성격, 이 모든 요소들이 나와 일치한다. 도서관에 가서 그밖에 뭐가 필요한지 좀더 알아봐야겠다.

우리 동네에 지식인이 살지 않는다는 것은 실로 유감스런 일이다. 루카스 씨가 골덴 바지를 입기는 했지만 그는 보험원이다. 아아, 인생이여!

주현절 이후 첫 번째, 뭐란 말인가?

1월 12일 월요일

개가 돌아왔다. 수술 때 꿰맨 자리를 얼마나 핥든지 나는 식사 때 돌아앉아서 밥을 먹었다.

엄마는 아침에 일어나서 상자로 개의 잠자리를 만드셨다. 가루비누를 넣었던 상자로 침대를 만든 것이다. 그런데 아버지는 그 상자를 쓰면 개가 재채기를 해대다가 꿰맨 자리가 터진다고 걱정이시다. 터진걸 다시 꿰매는 것은 돈이 훨씬 더 든다는 것이다. 엄마와 아빠는 상자 때문에 한참 싸우다가 마침내는 루카스 씨의 이야기로 옮겨갔다. 루카스 씨가 개집하고 도대체 무슨 상관이 있는지 모르겠다.

1월 13일 화요일

아버지는 다시 일하러 나가셨다. 다행이다. 엄마가 그런 아빠와 어떻게 참고 사시는지 궁금하다.

아침에 루카스 씨가 와서 엄마에게 도와줄 일이 없느냐고 물었다. 그 분은 매우 친절하시다. 루카스 부인은 바깥 창문들을 닦고 있었는데 사다리가 아무래도 위태로워 보였다. BBC방송국의 말콤머저리지에게 편지를 써서 지식인이 되려면 어떻게 해야 되느냐고 물어보았다. 바로 답장이 왔으면 한다. 난 혼자 지내기에 질렸으니까. 시도 한 편 써 보았는데 2분도 채 안 걸렸다. 제 아무리 유명한 시인이라 해도 그보단 더 걸리겠지. 제목은 「수돗물 소리」라고 붙이긴 했지만 속뜻은 인생에 대한 심오한 의미가 담긴 글이다.

수돗물 소리

― 아드리안 모올

수돗물 소리에 잠 못 이룬다.

아침이면 호수가 돼 있으리라.

카펫은 세탁을 해달라고 더러워지고,

아버지는 세탁을 하느라고 수고하신다.

줄곧 코담배를 피우시면서.

아빠, 세탁기는 돌리셔도 바보는 되지 마세요!

엄마께 이 시를 보여드렸더니 막 웃으신다. 엄마는 뭘 모른다.

내 바지는 아직도 세탁기 안에 처박혀 있다. 내일은 학교 가는 날인데, 우리 엄마는 텔레비전에 나오는 엄마들과는 다르다.

1월 14일 수요일

도서관에 갔다. 『피부손질법』, 『종의 기원』 그리고 엄마가 항상 이야기하던 제인 오스틴이란 여자의 『오만과 편견』이라는 책을 빌렸다. 사서 선생도 분명히 감탄했을 것이다. 그녀도 나처럼 지식인일까? 그녀는 내 여드름을 보지 못했다. 여드름이 조금 작아진 모양이다. 하긴 그럴 때도 됐지!

부엌에서 엄마와 루카스 씨가 커피를 들고 계셨다. 부엌 가득 연기가 차 있다. 두 분은 즐겁게 웃다가 내가 들어가자 이내 조용해졌다.

루카스 부인은 자기 집에서 하수도 청소를 하고 있다. 몹시 기분이 좋지 않은 표정이다. 루카스 씨네 결혼 생활은 그다지 행복한 것 같지 않다. 불쌍한 루카스!

학교 선생님들 중에는 내가 지식인이 된 걸 한 분도 눈치 채지 못하신다. 내가 유명해지고 나면 모두들 후회하겠지. 우리 반에 새로 전학

온 여학생이 지리 시간에 내 옆에 앉았다. 마음에 든다. 이름은 판도라
인데 자기를 '박스'라고 부르는 게 더 좋단다. 그 이유는 묻지 말자. 그
애를 사랑하게 될 것 같다. 하긴 나도 이제 사랑할 나이지. 13살하고도
9개월이 되었으니까.

1월 15일 목요일

판도라의 머리카락은 갈색이다. 여자 애들 머리가 흔히 그렇듯이 허
리까지 길게 늘어져 있다. 얼굴도 꽤 예쁘다. 그 애가 배구를 할 때 가
슴이 흔들리는 것을 보니 조금 우습다.

개는 상처의 실을 뺐다. 병원에서 수의사한테 달려들어 물었는데 그
는 그런 일에 별로 개의치 않는 것 같다. 수의사는 원래 개에겐 익숙할
테니 말이다.

드디어 전축 바늘 부러진 것을 아버지가 발견하셨다. 난 거짓말을
했다. 개가 뛰어 올라가서 부러뜨렸다고. 아버지는 개의 수술자리만
완전히 아물면 발로 걷어차 버리겠다고 한다. 제발 그 말이 농담이기
만을 바랄 뿐이다.

학교에서 돌아와 보니 루카스 씨가 또 부엌에 있었다. 엄마 병도 다
나았는데 왜 자꾸 오는지 모를 일이다. 루카스 부인은 어두운 데서 나
무를 심고 있었다. 『오만과 편견』을 조금 읽었는데 너무 구식이다. 제
인 오스틴은 글을 조금 더 현대적으로 쓸 수 없었을까?

우리 집 개의 눈동자 색이 판도라의 눈 색과 같다는 것을 알아냈다.

엄마가 개털을 잘라주었기 때문에 알게 되었지만 개의 모습은 더 망측해졌다. 루카스 씨와 엄마는 털 잘린 개를 보고 막 웃었다. 그런 일에 개는 일일이 대꾸를 하지 않았다. 왕족들이 으레 그렇듯이.

판도라에 대한 생각도 할 겸, 미용체조도 할 겸 일찍 잠자리에 들었다. 2주일 동안 키가 조금도 크지 않았다. 이대로 가다간 영락없이 난쟁이가 될지도 모르겠다.

토요일이 되어도 여드름이 계속 없어지지 않는다면 병원에 가봐야겠다. 사람들이 자꾸 쳐다봐서 도저히 이 꼴로는 살 수가 없다.

1월 16일 금요일

루카스 씨가 차를 가지고 와서 엄마를 시장까지 데려다 주겠다고 하셨다. 덕분에 나도 차를 타고 학교 앞에서 내렸다. 담배 연기와 요란한 웃음소리에 숨이 막혔는데, 차에서 내리니까 속이 시원했다. 중간에 우리는 루카스 부인을 만났다. 큼직한 시장 바구니를 들고 있었다. 엄마는 손을 흔들었지만 루카스 부인은 모른 척했다.

오늘은 지리 시간이 들어서 한 시간 동안 판도라 곁에 앉을 수 있었다. 판도라는 날마다 더 예뻐진다. 우리 집 개의 눈동자가 네 눈과 똑같다고 했더니 무슨 종류냐고 물었다. 난 잡종이라고 대답했다.

브리티쉬 군도 주위에 색칠해 보라고 파란색 펜을 판도라에게 빌려주었다. 그런 조그만 호의에도 그녀는 고마워하는 것 같다.

오늘 『종의 기원』을 읽기 시작했다. 그런데 텔레비전 시리즈보다 재미있지가 않다. 차라리 『피부손질법』이 낫다. 비타민에 대한 부분을 펼쳐서 식탁 재떨이 옆에 두었다. 엄마가 보고 느끼는 점이 있을까 해서…….

여드름 때문에 병원에 연락을 했다. 여드름은 자주색으로 변해 있다.

1월 17일 토요일

오늘 아침에는 일찍 눈을 떴다. 루카스 부인의 집 앞에서 콘크리트 공사를 하는 요란한 엔진 소리가 들려왔다. 루카스 부인이 콘크리트를 삽으로 고르면 그 위를 차가 오가며 다졌다. 루카스 씨는 부인에게 차를 끓여 주었다. 루카스 씨는 부인에게 정말 친절하다.

니겔이 극장에 가자고 했지만 거절했다. 여드름 때문에 병원에 가기로 이미 약속이 되어 있기 때문이다. 니겔은 얼굴에 아무 것도 없는데 왜 그러냐고 한다. 오늘은 특히 커져 있는데 예의상 그래주는 거겠지.

테일러 선생은 책에서 흔히 보는, 환자에 지친 복사인가 보다. 뾰루지를 진찰하고서도 걱정할 것이 없단다. 엉망인 우리 집과 형편없는 식사 이야기를 했지만 내 영양 상태는 좋으니 그 정도면 복이 많다고 생각하란다. 그래서 시립병원에 가고 싶지 않았다.

신문배달이라도 해서 개인병원에 가보고 싶다.

1월 18일 일요일

루카스 부인과 엄마가 개 때문에 싸우게 되었다. 개가 몰래 빠져나가서 아직 다 굳지도 않은 루카스 부인의 콘크리트를 밟아버린 것이었다. 아버지가 개를 묶어 놓으라고 하니까 엄마가 우는 바람에 아버지는 그 말을 취소하셨다. 옆집 사람들은 차를 닦으러 길에 나와 있다가 우리 집 싸우는 소리를 모두 들었다. 가끔 개가 몹시 미워질 때가 있다.

가난하고 못 배운 사람들을 돕겠다는 결심이 생각나서 내가 갖고 있는 『비이노(Beano) 만화선집』 몇 권을 들고 옆 동네에 이사온 가난한 집을 찾아갔다. 흑백 텔레비전 한 대밖에 없는 걸 보면 가난한 게 분명했다. 문을 열어준 소년에게 내가 찾아온 용건을 말하고 그 애에게 만화선집을 보여 주었더니 벌써 읽었다며 문을 쾅 닫는 것이 아닌가! 가난한 사람 돕는 것도 그리 쉬운 일은 아닌 것 같다.

1월 19일 월요일

〈선한 사마리아인〉이라는 클럽에 들었다. 사회봉사를 하는 단체인데 월요일 오후 수학 시간은 빼먹게 된단다.

오늘은 우리들이 앞으로 할 일에 대해 이야기를 나누었다. 나는 늙은 연금 수령자 그룹을 맡았고 니겔은 유치하게도 유아원의 아이들 돌보는 일을 맡았다. 그 앤 유치한 녀석이다.

다음 월요일이 몹시 기다려진다. 카세트를 가지고 가서 전쟁 경험담 같은 옛날 이야기들을 녹음해 와야겠다. 기억력이 좋은 분을 만나야 할 텐데…….

개는 또 수의과 병원에 갔다. 콘크리트가 발바닥에 붙었기 때문이었다. 어젯밤 싸움은 크게 일어날 만한 것이었나 보다.

학교에서 급식 시간에 판도라가 나를 보고 미소를 지었다. 그러나 나는 마침 삼키고 있던 질긴 고깃덩어리가 목에 걸려 숨이 막혔기 때문에 웃어줄 수가 없었다. 아, 괴롭고 싶어라.

1월 20일 화요일 **보름달**

엄마는 일자리를 알아보고 계신다!

나도 결국 길거리를 떠돌아다니는 문제아가 되는 것은 아닐까? 휴일에는 무얼 할까? 따뜻하게 지내려면 종일 세탁소 같은 데에 나가 앉아 있어야 할 것이다. 말하자면 '열쇠아동'(맞벌이 부부가 일하는 동안 학교에 다니는 아이에게 현관 열쇠를 맡겨두는 데서 온 말. 부모가 돌아올 때까지 종일 외톨이가 된다.) 같은 아이가 되고 마는 것이다. 게다가 개는 누가 돌보아줄까? 종일 먹기는 무얼 먹을까? 과자나 단 것만 자꾸 먹어서 피부는 엉망이 되고 이가 빠질지도 모른다. 엄마는 너무 이기적이고, 직장에 어울리는 여성이 아니다. 머리가 좋지도 못하고. 크리스마스엔 술을 너무 많이 마시니까.

할머니께 전화로 그 이야기를 했더니 휴일엔 할머니 댁에 와 있다가 오후에는 〈상록수〉 같은 모임에 나가보라고 하신다. 지금은 전화했던 것이 후회된다. 오늘도 〈사마리아인〉 모임이 쉬는 시간에 있었다. 노인을 나누어 맡았는데 내가 맡은 노인은 버트 박스터라고 한다. 여든아홉 살이나 돼서 나와의 관계가 오래갈 것 같지는 않다. 내일은 그 집을 찾아가 봐야 하는데 개가 없는 집이었으면 좋겠다. 개한테는 질렸으니까. 수의과 병원이건 텔레비전 앞이건 어디나 안 가는 곳이 없기 때문이다.

1월 21일 수요일

루카스 부부가 이혼을 할 거란다! 우리 동네에서는 처음 있는 일이다. 엄마는 루카스 씨를 위로하러 그 집에 가셨다. 아버지가 돌아오셨는데도 아직 엄마가 못 돌아오는 것을 보면 루카스 씨가 몹시 괴롭고 우울한 모양이다. 루카스 부인은 택시를 타고 어디론가 떠나 버렸다. 형광등 전구까지 빼간 것을 보면 아주 영영 가버렸는지도 모른다. 불쌍한 루카스 씨, 이젠 빨래나 집안 일도 혼자 해야겠지.

오늘밤 아버지가 차를 끓이셨다. 봉지에 들은 즉석 카레라이스를 데워 먹었다. 상표가 떨어져 나간 초록색 상자에 딱 하나 남은 것이었다. 아버지는 보건소에 보내 검사를 해야 한다고 농담을 하셨지만 엄마는 웃고 있지 않았다. 혼자 남은 루카스 씨를 생각하고 있는지도 모른다.

차를 마시고 나서 버트 박스터 씨를 만나러 갔다. 아버지가 배드민턴을 치러 가는 길에 그 앞까지 차로 태워다 주셨다. 버트 박스터 씨의 집은 한길에서 보이지 않았다. 커다란 쥐똥나무가 집 둘레에 서 있기 때문이다. 문을 두드리자 편지통 앞에서 재수 없게도 개가 마구 짖어 대기 시작했다. 병 깨지는 소리와 욕하는 남자 소리가 들려서 나는 도 망쳐 나왔다. 그 집이 아니기를 바라면서.

집에 돌아오는 길에 니겔을 만났다. 판도라의 아버지가 우유 배달원이라고 한다! 난 조금은 실망을 했다. 집에는 아무도 없었다. 난 개에게 밥을 주고 여드름을 살펴본 후 잠자리에 들었다.

1월 22일 목요일

판도라의 아버지가 우유 배달원이란 말은 멀쩡한 거짓말이었다! 그 분은 우유 배급소의 사무원이시다. 니겔에게 자꾸 명예 훼손을 하고 다니면 혼내주겠다고 했다. 난 다시 그녀를 사랑하게 되었다.

니겔이 내일밤 〈유스 클럽(Youth Club)〉에 디스코를 추러 가자고 한다. 새 탁구공을 구입하기 위한 기금을 모으려고 마련한 자리란다. 난 가야할지 어쩔지 잘 모르겠다. 니겔은 주말이면 펑크 족이 되기 때 문이다. 그 애 엄마는 리본이 달린 셔츠를 사주었다. 여자 애들처럼 유 치하게도.

엄마는 면접을 보았다고 한다. 타자 연습을 하느라고 식사 준비는 하지도 않는다. 지금도 이런데, 취직이 되면 어떨까? 가정 파탄이 생기 기 전에 아버지가 단호히 결정을 내려야 할 것 같다.

1월 23일 금요일

다시는 디스코 장에 가지 않겠다. 나랑 청년회장 릭 레몬만 빼곤 모두가 펑크 족이었다. 니겔은 내내 잘난 체하다가 실수하여 안전핀(펑크 족이 즐겨 쓰는 장식 용구)에 귀를 찔리고 말았다. 아버지가 우리 차로 병원에 데려갔다. 니겔의 집에는 차가 없다. 그의 아버지는 머리가 이상하고 엄마는 키가 154cm밖에 되지 않는다. 니겔이 엉망인 것도 당연하다. 부모가 미치광이와 난쟁이니까.

말콤 머저리지로부터는 아직도 연락이 없다. 요즘 저기압 상태인지도 모른다. 나나 그 같은 지식인들은 가끔 그런 때가 있으니까. 보통 사람들은 그 점을 이해하지 못하고 무뚝뚝하다고 하지만 그게 아니다.

판도라가 병원으로 니겔을 찾아갔었다. 안전핀 때문에 패혈증 위험이 있다고 한다. 판도라는 니겔이 무척 용감하다고 하지만 내가 보기엔 바보같다.

엄마의 서투른 타자 소리 때문에 종일 골치가 아팠다. 하지만 아무 말도 하지 않았다. 이젠 자야겠다. 내일 또 버트 박스터 씨를 찾아가야 한다. 집은 바로 찾았던 모양이다. 큰일이다!

1월 24일 토요일

내 생애에서 가장 비참한 날이다. 엄마가 보험회사에 타자수로 취직했다! 월요일부터 첫 출근이란다! 루카스 씨도 같은 곳에서 일하기 때문에 매일 아침 차를 태워줄 거란다.

아버지도 기분이 좋지 않으신 것 같다. 아버지의 시대가 끝나간다고 생각하시는 걸까?

무엇보다도 불행한 일은 버트 박스터 씨가 좋은 분이 아니란 것이다! 그는 술을 마시고 담배도 피우고 세이버라는 송아지 만한 알사스 종의 사나운 개도 가지고 있다. 내가 울타리를 자르는 동안 부엌에 가두어 두었는데 잠시도 멈추지 않고 으르렁거렸다.

그것보다 더 기분 나쁜 일이 있다! 판도라가, 판도라가 니겔과 만나는 것이다. 이 충격은 참으로 극복하기 어려울 것 같다.

1월 25일 일요일

오전 10시. 걱정이 많아서 몸이 아프다. 힘이 없어서 길게 쓸 수도 없다. 아침을 먹지 않았는데도 걱정해 주는 사람이 아무도 없다.

오후 2시.

주니어용 아스피린 두 알을 정오에 먹었더니 조금 몸이 나아졌다. 내가 유명해져서 내 일기를 사람들이 보게 되면 $13\frac{3}{4}$세의 이해 받지 못하는 지식인의 고뇌를 이해해 줄 것이다.

오후 6시.

판도라! 잃어버린 내 사랑!

이제 당밀색 네 머리를 쓰다듬는 일은 없을 거야! 내 파란색 사인펜은 아직 네가 갖고 있지만.

오후 8시. 판도라! 판도라! 판도라!

오후 10시. 왜? 왜? 왜?

자정.

게살 샌드위치와 오렌지(피부 미용을 위해서)를 먹었다. 조금 기분이 나아지는 것 같다. 니젤이 자전거에서 떨어져서 납작해졌으면 좋겠다. 다시는 말도 안할 것이다. 그 애는 내가 판도라를 사랑한다는 걸 알고 있다! 크리스마스에 디지털 스테레오 알람 시계 대신 경주용 자전거를 선물로 받았다면 이런 일은 없었을 텐데.

1월 26일 월요일

학교 가기 전에 버트 박스터 씨 댁을 방문해야 하기 때문에 억지로 자리에서 일어났다. 기운이 없어서 그 집까지 가는 데 몇 년은 걸린 것 같았다. 중간 중간 쉬어 가는데 코밑 수염이 긴 할머니가 도와주셔서 무사히 갈 수 있었다. 버트는 침대에 누워서 열쇠를 던져주었고 난 직접 문을 열고 들어갔다. 세이버는 목욕탕에 갇혀 있었는데 으르렁거리며 수건을 찢고 있는 것 같았다.

버트는 더러운 침대에 누워 담배를 피우고 있었다. 방안에는 나쁜 냄새가 가득했는데 그의 몸에서 나는 것 같았다. 침대보는 온통 피투성이가 된 것처럼 보였는데 어젯밤 마지막으로 먹은 사탕무 샌드위치 때문이라고 했다. 나도 더러운 것에 낯선 편은 아니었지만 그처럼 더러운 방은 처음 보았다. 버트는 내게 10펜스를 주면서 《모닝 스타》지를 사다 달라고 부탁했다. 그는 공산주의자인 모양이다! 세이버는 항상 신문을 찢지만 오늘은 싱크대를 이빨로 갉은 벌로 가두어져 있다고 한다.

신문 배달원은 버트에게 고지서(신문값 31.97파운드가 밀려 있었다)를 전해달라고 하였다. 그렇지만 버트 박스터 씨는 '교활한 안경쟁이 녀석'이라고 욕하며 고지서를 찢어버리는 것이었다. 학교에도 지각을 했기 때문에 학생과 지각생 명부에 이름이 적혀졌다. 〈선한 사마리아인〉이 된 보답이 이런 것이라니! 수학 시간도 빼먹고! 점심 급식시간에 판도라와 니겔이 같이 서 있는 것을 보았지만 신경 쓰지 않기로 했다.

버림받은 충격으로 루카스 씨가 자리에 누웠기 때문에 엄마는 퇴근 후에 그를 보살핀다. 루카스 씨와 만나줄 사람은 엄마밖에 없으니까. 엄마는 언제쯤 한가해져서 나와 아버지를 돌봐 주실까?

아버지도 우울하시다. 루카스 씨가 아버지를 만나고 싶어하지 않으니까 질투심을 느낄 것이다.

자정.

당밀색 머리카락의 내 사랑, 잘 자.

1월 27일 화요일

오늘 미술 시간은 무척 즐거웠다. 난 다리 위에 외로이 서 있는 소년을 그렸다. 소년은 제일 친했던 친구에게 첫사랑을 빼앗겼다. 친구는 급류에 휩쓸려 허우적거렸지만 소년은 물끄러미 바라보고만 있다. 친구는 니겔과 비슷하고 소년은 나와 비슷하다. 포싱톤 고어 선생님은 내 그림에 '깊이가 있다' 고 칭찬하셨다. 강물도 그렇다. 하! 하! 하!

1월 28일 수요일 **하현달**

아침에 일어나니 몸이 춥고 떨려왔다. 체육 시간에 빠질 수 있도록 엄마에게 편지를 써달라고 부탁했지만 엄마는 나를 나약한 아이로 키우고 싶지 않다며 거절하셨다. 이렇게 추운데 짧은 바지와 속셔츠만 입고 진흙 속을 뛰란 말인가? 너무 무관심하다. 작년에 학교에서 2인 3각 달리기를 할 때 엄마가 구경 온 적이 있었다. 그때가 6월이었는데 엄마는 털 코트를 입고도 추워서 담요로 다리를 감쌌다! 아무튼 엄마도 그때 일을 지금도 후회하신다. 축구를 했는데 체육복이 온통 진흙 투성이가 돼서 세탁기 호스가 막혀버린 것이다.

가축병원에서 개를 데려가라는 전화가 왔다. 이번엔 9일 만이다. 아버지는 내일 돈이 마련될 때까지는 그냥 둬야 할 거라고 하신다. 수의사는 현금만 받는데 아버지는 돈이 없기 때문이다.

판도라! 왜 그러는 거야?

1월 29일 목요일

멍청한 개가 돌아왔다. 맨숭맨숭한 다리에 털이 다시 날 때까지는 산책에 데려가지 않을 생각이다. 가축병원에서 돌아온 아버지는 개한데 들어가는 엄청난 돈에 질려서 "돈이 줄줄 샌다"라고 몇 번이나 투덜거리셨다. 아버지는 앞으로 개한테는 먹고 남은 것만을 주겠다고 하셨다.

그럼 개는 굶어 죽겠지.

1월 30일 금요일

지겨운 공산주의자 버트가 학교에까지 전화를 했다. 내가 전지가위를 밖에 그대로 두어서 비를 맞았다는 것이다. 다 녹이 슬었으니 보상을 해달라는 것이다. 난 스크루톤 교장 선생님께 그 가위는 이미 녹이 슬어 있었다고 말했지만 내 말을 믿고 있는 것 같지 않다. 선생님은 옛날 사람들의 생활이 얼마나 어려웠는지에 대해서 지루한 연설을 하시고, 버트 박스터 씨의 집에 가서 가위를 깨끗이 닦아드리라고 하셨다. 교장 선생님께 버트가 얼마나 피곤한 사람인지 말씀드리고 싶었지만 선생님 앞에 서면 괜히 말문이 콱 막히고 만다. 선생님은 화가 나면 눈이 튀어나오기 때문일 것이다.

박스터 씨 댁에서 돌아오는 길에 엄마와 루카스 씨가 오락실에서 함께 나오는 것을 보았다. 난 엄마를 부르며 손을 흔들었지만 엄마는 나를 못 본 모양이다. 루카스 씨의 기분이 풀려서 다행이다. 버트는 문을 열어주지 않았다. 죽은 게 아닐까?

판도라! 넌 아직도 내 마음속에 있단다.

1월 31일 토요일

2월이 다 되었다. 그런데 내겐 발렌타인 카드를 보내는 사람조차 없다.

2월 ● February

2월 1일 일요일

어젯밤 아래층에서 큰소리가 많이 났다. 부엌 쓰레기통이 뒤집혀지고 뒷문이 쾅쾅 닫혔다. 우리 부모가 조금만 더 사려 깊은 사람들이었으면 좋겠는데. 난 정서적으로 불안정한 사춘기 때여서 잠을 많이 자야 한다. 그런데 우리 부모는 사랑하는 것이 뭔지 이해 못하는 것 같다. 14년 반이나 결혼 생활을 했으면서도 말이다.

오후에 버트에게 갔다 왔다. 고맙게도 그는 '상록수' 팀에 가담하여 스케그니스에 놀러 가셨다. 세이버가 거실 창문으로 내다보길래 'V'자 사인을 보내주었다. 그 녀석이 기억하지 않았으면 좋겠다.

2월 2일 월요일 **대학의 학위 수여식날**

루카스 부인이 돌아왔다! 그분은 마당의 나무와 관목들을 뽑아서 짐차 뒤칸에 싣고 정원의 연장들을 갖고 떠나버렸다. 차에는 '여성의 집'이라고 페인트로 씌어 있었다. 루카스 씨는 집에 와서 엄마와 이야기를 하고 계셨다. 인사를 하려고 아래층에 내려갔지만 그분은 너무 흥분해서 내가 보이지도 않았나 보다. 엄마에게 오늘밤은 일찍 들어오시라고 부탁했다. 차 마시기를 기다리는 것도 이젠 진력이 났다. 그런데도 엄마는 오늘밤 또 늦게 들어왔다.

니겔은 소시지 튀김을 갖고 불평을 해서 급식 시간에 쫓겨났다. "제기랄 튀김옷만 있고 소시지는 없잖아?"라고 했기 때문이다. 리치 선생님이 1학년 전학생이 출석한 가운데 니겔을 쫓아낸 것은 잘하신 일이라고 생각한다. 우리 3학년 학생들은 모범을 보여주어야 하기 때문이다. 판도라는 소시지 튀김 사건에 대해서 서명운동을 꾸미고 있다. 하지만 난 서명하지 않을 것이다.

오늘은 〈선한 사마리아인〉의 날이다. 그래서 난 할 수 없이 버트에게로 갔다. 대수시험까지 빼먹으면서! 하! 하! 하! 버트는 내게 스케그니스에서 주워온 깨진 돌 하나를 주면서 전지가위 일로 학교에 전화해서 미안하다고 했다. 사람의 목소리가 듣고 싶었다는 것이다. 원 세상에! 나 같으면 세상에서 제일 외로운 사람이 되었다 해도 학교에까지 전화하지는 않았을 것이다. 차라리 '말하는 전화'에 다이얼을 돌리지. 10초마다 말을 해주지 않는가?

2월 3일 화요일

엄마가 며칠째 집안 일을 하지 않는다. 직장에 나가고, 루카스 씨를 위로하고 책보고 담배 피우는 것이 엄마가 하는 일의 전부이다. 아버지 차의 크랭크축이 부서져서 버스 타는 곳을 일러 드렸다. 나이가 마흔이나 된 어른이 버스 정류장이 있는 곳도 모르다니! 아버지가 초라해 보여서 같이 가는 게 부끄러웠다. 버스가 왔을 때에야 안도의 한숨이 나왔다. 아버지에게 버스 아래 칸에서는 담배를 피울 수 없다고 소리쳤으나 아버진 내게 손을 흔들며 담배에 불을 붙이셨다. 벌금이 50달러나 되는데! 내가 만약 버스회사 사장이라면 벌금 천 파운드에다 제일 값싼 담배 20개피를 피우는 벌을 주겠다.

엄마는 저메인 그리어의 『여자 내시』를 읽고 있다. 인생을 바꾸어 놓을 만한 책이라고 한다. 나도 슬쩍 훑어보았지만 내 인생은 조금도 바뀌지 않았다. 지저분한 얘기로만 가득한 책이다.

2월 4일 수요일 **초승달**

처음으로 몽정이란 것을 했다! 『여자 내시』에 대해 엄마가 한 말이 정말 맞는 것 같다. 내 인생이 조금은 바뀌었다.

여드름이 조그마해졌다.

2월 5일 목요일

엄마는 잔뜩 화가 나서 주로 무대 배우들이나 입는 겉옷 몇 벌을 사오셨다. 속옷이 반쯤 드러나 보이는 반바지 스타일이다. 길에 나갈 때는 제발 안 입었으면 좋겠는데.

내일은 귀에 구멍을 뚫을 거란다. 엄마가 점점 방탕해져 가는 것 같다. 니겔의 엄마도 그런데……. 그 집은 항상 전기를 끊겠다는 독촉장이 날아오는데도 불구하고 그 애 엄마는 일주일에 새 구두 한 켤레는 꼭 산다고 한다.

가족 수당이 어디에 쓰이는지 알아봐야겠다. 그건 당연히 내 몫이니까. 내일 엄마한테 꼭 물어봐야겠다.

2월 6일 금요일 **1952년 오늘은 여왕의 즉위식**

직장여성을 엄마로 갖는 게 너무나 싫다. 커다란 쇼핑백을 갖고 들어와서 차를 끓이고 난 다음엔 모양 내기에만 바쁘다. 이젠 청소도 하지 않고 루카스 씨를 위로하러 가는 것에만 신경을 쓰고 있다. 쿠커와 냉장고 사이에 베이컨 조각이 아무렇게나 내팽개쳐져 있는 것이 벌써 사흘째 눈에 띈다!

가족 수당에 대해 물었더니 엄마는 웃으면서 술과 담배 사는 데 다써 버렸다고 한다. 사회사업과에서 이 얘길 들으면 엄마를 가만 놔두지 않을 것이다!

2월 7일 토요일

몇 시간째 계속 엄마와 아버지가 소리를 지르며 싸우고 계셨다. 싸움의 발단은 냉장고 옆에 있는 베이컨이었는데 아버지의 자동차 수리비가 너무 많이 들어간다는 것으로까지 얘기가 번졌다. 난 내 방으로 올라와서 아바(ABBA) 레코드를 틀었다. 그런데 아버지가 벌컥 내 방문을 열더니 소리를 낮추라고 신경질적으로 말했다. 난 볼륨을 줄였다가 아버지가 아래층으로 내려간 후 다시 볼륨을 높였다.

아무도 저녁식사 준비할 생각을 하지 않는다. 난 중국 가게에 가서 칩 한 상자와 간장 소스를 샀다. 낡은 버스에 앉아 그것을 먹고 처량한 기분이 되어 돌아왔다. 개밥을 주고 『여자 내시』를 조금 읽었다. 묘한 기분이다. 자리에 누워야겠다.

2월 8일 일요일

아침에 아버지가 내 방에 올라와서 이야기를 하자고 한다. 케빈 키건 (영국의 유명한 스포츠 스타) 의 갖가지 포즈를 스크랩해 놓은 공책도 살펴보고 옷장 손잡이도 스위스제 군대 칼로 튼튼하게 고쳐주셨다. 그리고 학교 생활에 대해서도 이것저것 물으셨다. 아버지는 어제 소리를 질러서 미안하고, 엄마와 아버지는 심각한 냉전 상태에 있다고 말하셨다. 내게 할 말은 없느냐고 하기에 중국 가게에 32펜스 갚을 돈이 있다고 했다. 아버지는 1파운드를 내주었다. 68펜스를 번 셈이다.

2월 9일 월요일

아침에 루카스 씨 집 앞에 이삿짐 차가 와 있는 것이 보였다. 루카스 부인과 여자 몇 명이 집에서 가구를 날라다 차에 싣고 있는 중이었다. 루카스 씨는 침실 창문으로 이 광경을 내다보고 있었다. 조금은 놀란 표정이었다. 루카스 부인이 웃으며 루카스 씨를 손가락질하자 다른 여자들도 웃으며 〈왜 그렇게 잘생겼나요〉를 불렀다.

엄마는 전화로 루카스 씨에게 괜찮냐고 물으셨다. 그는 전축과 레코드만큼은 빼앗길 수 없어서 오늘은 그걸 지키기 위해서라도 회사에 결근해야 한다고 했다. 아버진 루카스 부인이 짐차에 가스 스토브를 싣는 것을 도와주고 엄마와 같이 버스 정류장까지 걸어가셨다. 난 조금 떨어져서 천천히 따라갔다. 엄마가 너무 긴 귀걸이를 했고 아버지의 바지 단이 내려와 있었기 때문이었다. 두 분이 곧 싸우기 시작하는 것을 보고, 난 길을 건너 멀리 돌아서 학교에 갔다.

오늘 버트는 기분이 아주 좋아 보였다. 1차 세계대전에 대해서 이야기해 주었다. 그는 가슴속에 늘 성경책을 넣고 다녔기 때문에 목숨을 건질 수 있었다고 한다. 내게 그 성경책을 보여주었는데 1956년에 출판된 것이었다. 그는 노망이 든 것 같다.

판도라! 네 추억이 내겐 고통이란다!

2월 10일 화요일

루카스 씨는 새 가구를 살 때까지 우리 집에서 묵기로 했다. 아버지는 창고용 전기난로를 큰 호텔에 팔기 위해 매틀록으로 가셨다.

가스 보일러가 막혀서 집이 몹시 춥다.

2월 11일 수요일 **첫학기**

아버지가 매틀록에서 전화로 바클레이 카드(현금카드)를 잃어버려 오늘밤 집에 돌아올 수가 없다고 하셨다. 그래서 루카스 씨와 엄마가 밤새도록 보일러실에 올라가 기계를 고쳤다. 난 밤 10시쯤에 내려가 내가 도울 일이 없느냐고 물어보려 했는데 부엌문이 잠겨 있었다. 루카스 씨는 그때 보일러 때문에 꼼짝도 할 수 없었고 엄마도 그를 도와주느라고 문을 열 수 없었다고 말했다.

2월 12일 목요일

밤에 엄마가 머리에 물들이는 것을 보았다. 내게는 무척 큰 충격이었다. 13¾해 동안 난 엄마의 머리가 빨간색인 줄 알았는데 실제는 밝은 갈색이었던 것이다. 엄마는 아버지에게 이야기하지 말란다. 도대체 두 분의 결혼 생활은 어떤 상태일까! 아버지는 엄마가 솜을 넣은 브래지어를 하는 줄 아실까? 엄마는 빨랫줄에 브래지어를 널지 않지만 난 식기 건조대에 둔 것을 보았다. 엄마는 또 어떤 비밀을 가지고 있을까?

2월 13일 금요일

기분 나쁜 날이었다.

판도라는 이제 지리 시간이 되어도 내 옆자리에 앉지 않는다. 대신 베리 켄트가 앉았는데 그 애는 계속 내 공책을 베끼면서 귀에다 대고 풍선껌을 불었다. 엘프 선생님께 말씀드렸지만 선생님도 베리 켄트를 두려워하고 있기 때문에 아무런 야단도 치시지 않는다.

오늘 판도라는 아주 매력적이다. 앞이 갈라진 스커트를 입고 있어서 다리가 다 보인다. 한쪽 무릎엔 딱지가 앉아 있었다. 니겔의 축구 스카프를 손목에 매고 있다가 엘프 선생님한테 빼라고 야단맞았다. 선생님은 판도라가 무섭지 않은 모양이시다. 발렌타인 카드를 보냈다. 엘프 선생님이 아니고 판도라에게.

2월 14일 토요일 성 발렌타인데이

난 카드를 한 장밖에 못 받았다. 그것도 엄마의 글씨인 것을 보면 받았다고 할 수도 없는 것이다. 엄마는 무척 크고 무거운 카드를 받았다. 너무 커서 우편배달 차가 문 앞까지 갖다 주어야 했다. 봉투를 뜯는 엄마의 얼굴이 빨개져 있었다. 아주 훌륭한 카드였다. 커다란 비단 코끼리가 조화를 들고 있는데 입을 열면 풍선이 나오면서 "안녕, 허니! 당신을 잊지 않겠어요!"라고 말하는 것이었다. 이름은 없고 하트만 그려져 있었다. 아버지가 보낸 카드는 자주색 꽃이 그려진 조그마한 것이었다. 아버지가 보낸 카드 속에는 '다시 생각해 봅시다'라고 씌어 있었다.

이건 내가 판도라의 카드에 쓴 시이다.

판도라!
너를 숭배한다.
너를 갈망한다.
내 마음을 알아다오.

판도라가 내 글씨란 걸 눈치챌까 봐 왼손으로 썼다.

2월 15일 일요일

어젯밤 루카스 씨는 그의 빈집으로 돌아갔다. 코끼리 발렌타인 카드 때문에 우리 부모 사이에 자꾸 싸움이 생기자 지겨워진 것 같다. 난 아버지에게 누가 몰래 엄마를 짝사랑한다면 그건 엄마 죄가 아니라고 말씀드렸더니 아버지는 조롱하듯 웃으면서 "너는 아직 몰라" 하신다.

저녁때는 할머니 댁으로 피신했다. 할머니는 고기 국물과 요크셔 푸딩을 곁들인 그럴듯한 식탁을 차려 주셨다. 할머니는 아무리 바빠도 진짜 커스터드(우유, 계란에 사탕, 향료를 넣어서 구운 과자)를 만드신다.

개도 데리고 나갔었기 때문에 저녁시간에 맞추느라고 오후 내내 산책을 했다.

할머니는 스웨터 일로 엄마와 다툰 후 엄마와 이야기를 하지 않으신다. 다신 우리 집에 발도 들여놓지 않겠다는 것이다. 할머닌 내게 영생을 믿느냐고 물었다. 난 믿지 않는다고 대답했는데 할머닌 오늘 강신술사 교회에 가셨다가 할아버지가 루밥(향기로운 채소의 일종) 채소에 대해 하는 말씀을 들으셨다고 한다. 할아버지는 벌써 4년 전에 돌아가셨는데!! 할머니는 할아버지를 또 만나러 수요일 밤에 교회에 가는데, 그때는 나보고도 함께 가자고 하시면서 내 머리 뒤에 후광이 보인다고 하셨다.

닭고기를 먹고 개가 숨을 못 쉬기에 거꾸로 들고 세게 한 대 쳤더니 닭 뼈가 나왔다. 좀 안정을 하라고 개를 할머니 댁에 두고 왔다.

　신과 인생, 죽음 그리고 판도라에 대해 생각하느라고 오랫동안 잠을
못 잤다.

2월 16일 월요일

　드디어 BBC 방송국에서 답장이 왔다!!!!! 붉은 글씨로 BBC라고 쓰인
긴 봉투인데 내 이름과 주소가 분명하다! 내 시를 더 보내달라는 것일
까? 서운하게도 그건 아니었다. 존 타이드만이라는 사람인데 편지 내
용은 이러하다.

　친애하는 아드리안 모올.

　보내주신 시는 잘 받았습니다. 지금도 내 책상 위에 있습니다. 귀하의 나이를
생각하며 흥미롭게 읽었습니다. 솔직히 말하면 장래가 촉망됩니다. 그러나 우
리의 프로그램에는 성격이 맞지 않는 것 같습니다. 학교 신문이나 교구 잡지에
투고해 보는 것이 어떨까요? (그런 것이 있다면 말입니다.)

　만약 앞으로 BBC에 또 원고를 보낼 계획이라면 타자로 쳐서 귀하도 한 부 보
관하시기 바랍니다. BBC는 손으로 쓴 글씨는 아무리 깨끗하다 해도 사양합니
다. 실제로 귀하의 시에서도 끝부분에 생긴 얼룩 때문에 읽기가 어려웠습니다
(차의 얼룩일까요?).

　앞으로 문학을 하실 거라면 뻔뻔해져야 합니다. 원고가 되돌아오는 일이 있더
라도 되도록 고통을 덜 받고 품위 있게 극복해야 하기 때문입니다.

앞으로 계속 문학적 정진을 부탁하며 행운을 빕니다!

존 타이드만

추신 : 이번주 《타임즈》 문학 부록에 게재된 존 모올이란 분의 시를 동봉합니다. 귀하의 친척일까요? 아주 좋은 시입니다.

엄마 아버지는 매우 기뻐하셨다. 난 편지를 학교까지 가지고 가서 여러 번 읽었다. 어느 선생님이라도 보자고 하기를 바랐으나 그런 선생님은 아무도 없었다.

내가 버트의 빨래를 하고 있는 동안 그가 내 편지를 읽었다. 그분은 "BBC에 있는 놈들은 모두 약물중독자야!" 라고 욕했다. 그의 이복동생 아저씨가 방송국 지하 다방에서 일하는 여자의 이웃에 살았기 때문에 BBC에 대해서는 아주 잘 안다는 것이었다.

판도라는 발렌타인 카드를 17통이나 받았다고 한다. 니겔은 7통을 받았고 모두가 미워하는 베리 켄트조차 3통을 받았다고 한다. 애들이 나보고 몇 통을 받았느냐고 물었을 때 난 미소만 짓고 있을 수밖에 없었다. 아무튼 BBC에서 편지를 받은 사람은 나뿐일 테니까.

2월 17일 화요일

베리 켄트가 매일 25펜스씩을 자기에게 바치지 않으면 가만두지 않겠다고 으름장을 놓았다. 나 같은 애한테 돈을 내라고 협박하는 건 시간 낭비라고 말해주었다. 왜냐하면 나한테는 여유 있는 돈이 조금도 없기 때문이다. 엄마는 내 용돈을 바로 주택부금에 넣고 내겐 마즈바 초콜릿 사먹을 돈으로 하루 15펜스씩만 준다. 그런데 베리 켄트는 내 급식비를 내놓으라고 하니, 참. 그 돈도 하루 60펜스가 넘은 후론 아버지가 수표로 지불한다고 하자 내 배를 쥐어박으며, "더 뜯어내도록 해 봐"라고 위협까지 한다.

신문 배달 지원자 명단에 내 이름을 써냈다.

2월 18일 수요일 **보름달**

아침부터 배가 아파 오기 시작했다. 엄마에게 이야기하니 어디 보자고 하셨다. 싫다고 했더니 계속 꾀병이나 부리고 있다고 쌀쌀맞게 얘기한다. 엄마는 체육시간에 빠질 수 있도록 메모 편지를 써주지 않을 것이다. 난 또다시 진흙탕 물 속에서 허우적거리겠지. 스크럼을 짤 때 베리 켄트가 내 머리를 밟았다. 존즈 선생님이 그것을 보고 그 애를 먼저 샤워실로 보냈다.

체육시간에 항상 빠질 수 있게 아프지 않는 병에 걸렸으면 좋겠다. 심장이 약하다면 얼마나 좋을까.

할머니 댁에서 개를 데려왔다. 샴푸로 목욕을 시키고 잘 다듬어 놓으셔서 울워스 가게의 향수 진열대 냄새가 풍겼다.

할머니와 함께 강신술사 모임에 갔었는데 모두 노인들뿐이었다. 어떤 정신병자는 자기 머리 속엔 라디오가 들어 있어서 자기에게 할 일을 미리 가르쳐 준다고 일어나서 말했다. 그렇지만 아무도 관심을 기울여 주지 않자 그는 자리에 맥없이 주저앉았다. 앨리스 통크스라는 여자는 신음소리를 내고 눈동자를 굴리며 아서 메이필드라는 사람과 이야기를 했다. 그러나 우리 할아버지는 조용했다. 할머니는 힘이 빠지는 듯했다. 난 집에 돌아와서 할머니에게 홀릭스 차를 한잔 타 드렸다. 할머니가 50펜스를 주기에 개와 함께 나갔다 왔다.

조지 오웰의 『동물농장』을 읽기 시작했다. 이 다음에 수의사가 되고 싶기도 했다.

2월 19일 목요일 **1960년 오늘 앤드류 왕자 출생**

앤드류 왕자는 좋겠다. 경호원이 항상 따라 다니니까. 베리 켄트 같은 녀석에게 돈을 뜯길 염려도 없을 것이다. 50펜스는 그렇게 날아갔다! 태권도라도 할 줄 안다면 베리 켄트 머리통을 박살내버릴 텐데 말이다.

집 안은 조용하다. 두 분은 서로 말을 하지 않는다.

2월 20일 금요일

지리 시간에 베리 켄트가 "처먹어라"라고 소리쳤기 때문에 엘프 선생님은 혼 좀 나보라고 그를 교장 선생님께 보냈다. 많이도 말고 종아리 50대만 맞았으면 좋겠다. 앞으로 크레이그 토마스를 사귈 생각이다. 그 앤 3학년 중에서 키가 큰 편에 속한다. 쉬는 시간에 마즈바 초콜릿을 한 개 사 주면서 난 배가 아파서 먹기 싫다고 했다. 그 앤 "고마워, 몰리"라고 했다. 그 애가 내게 처음 한 말이다. 잘만 하면 그는 내 든든한 친구가 될 거고 그럼 베리 켄트도 날 건드리지 못할 것이다.

엄마는 또 섹스에 관한 책을 읽고 있다. 시몬느 드 보브아르(싸르트르의 부인이며 여류 소설가)의 『제2의 성』이다. 엄마는 사람들이 잘 볼 수 있는 커피 탁자 위에 책을 펴두었다. 할머니라도 보시면 어쩌려고!

2월 21일 토요일

세이버가 베리 켄트를 막 물어주는 신나는 꿈을 꾸었다. 스크루톤 선생님과 엘프 선생님이 그 광경을 물끄러미 보고 계셨다. 판도라도 끝이 갈라진 스커트를 입고 서 있었다. 그 앤 팔짱을 끼고서 내게 "난 제2의 성이다"라고 도도하게 말했다. 벌떡 일어나 보니 두 번째로 몽정을 한 모양이다. 엄마가 눈치채지 못하게 잠옷을 세탁기 속에 넣었다.

화장실에 가서 내 얼굴을 자세히 살펴보았더니 턱에 있는 여드름말고도 다섯 개나 더 생겼고 입술에도 털이 몇 개 송송 났다. 곧 면도를 시작해야 할 모양이다.

아버지를 따라 정비공장에 다녀왔다. 오늘 차 수리가 다 될 줄 알았는데 그게 잘 안 되었다. 부속들이 분해되어 있는 것을 보고 아버지는 눈물을 글썽거렸다. 난 그런 아버지가 부끄러웠다. 우린 세인스베리 슈퍼마켓까지 걸어가 연어 통조림, 게 통조림, 새우 통조림, 검은 케이크, 흰 치즈들을 샀다. 그런데 집에 돌아오니 엄마는 마구 화를 냈다 아버지가 빵과 버터, 그리고 화장지를 잊은 것이다. 아버지를 혼자 보내면 믿을 수가 없어서 다시는 보내지 않겠다고 하신다. 아버지는 기분이 조금 좋아지셨다.

2월 22일 일요일

아버지는 개를 데리고 낚시하러 가셨다. 루카스 씨는 우리 집에서 저녁을 먹고 차를 마셨다. 그분은 검은 케이크를 세 쪽이나 드셨다. 우리는 모노폴리 게임을 했다. 루카스 씨는 은행가가 되고 엄마는 계속 감옥에만 들어가고 승리자는 나였다. 제대로 게임에 집중한 사람은 나뿐이었으니까. 아버지가 현관으로 들어오시자 루카스 씨는 뒷문으로 몰래 도망쳤다. 아버지는 검은 케이크를 먹고 싶다고 하셨는데 케이크는 조금도 남아 있지 않았다. 아버지는 종일 낚시를 하느라고 아무 것도 먹지 못하였고, 게다가 고기는 한 마리도 낚지 못했다는 것이다. 엄마가 얼른 치즈를 내놓았는데 아버지는 그것을 벽에 내던져버렸다. 아버지가 자기는 생쥐가 아니고 사람이라고 하니까 엄마는 X를 한 지가 벌써 언젠지 잊었다고 소릴 질렀다. 난 슬며시 방을 빠져나왔다. 엄마가 욕하는 소리처럼 듣기 싫은 게 세상에 또 있을까? 그것은 모두 엄마가 읽은 책 때문일 것이다. 엄마는 아직 교복도 다려 놓지 않았다. 부디 잊지 않았으면.

오늘밤은 개를 내 방에 재워야겠다. 개도 싸우는 걸 싫어할 테니까.

2월 23일 월요일

신문 대리점의 체리 씨에게서 내일부터 일하러 나오라는 편지를 받았다. 아아, 인생이여!

버트는 세이버가 아무 것도 먹지 않고 아무도 물지 않아서 걱정이라고 했다. 날보고 병원에 데리고 가서 진찰을 받게 하라고 한다. 내일도 상태가 나아지지 않으면 데리고 가겠다고 했다.

버트의 빨래를 해주는 일이 지겹다. 그는 계란 프라이만으로 살고 있었으며, 세제도 없어서 찬물에 빨래를 해야만 한다. 마른행주도 없다. 하긴 행주라곤 원래 없었으니까. 타월도 개가 모두 찢어 버려서 깨끗한 타월은 찾아볼 수가 없다. 버트는 어떻게 목욕을 하는지 모르겠다. 버트의 살림을 도울 수 있는 방법을 생각해 봐야겠다. 수의사가 되려면 정신을 집중해서 일반교육증명서(GCE)를 따야 한다.

2월 24일 화요일

신문 배달을 하려고 아침 6시에 일어났다. 내가 맡은 구역은 '느릅나무 거리'라는 동네인데 이 지역은 아주 불리하다. 그 동네 사람들은 《타임즈(Times)》《데일리 텔리그라프(Daily Tele-graph)》《가디언(Guardian)》등 무게 있는 신문만 보기 때문이다. 아아, 괴롭고 싶어라!

세이버는 좀 나아졌다고 한다. 우유 배달원에게 달려들어 물려고 했다니까.

2월 25일 수요일

신문 배달 때문에 일찍 잠자리에 누웠다. 신문말고도 《펀치(Pu—
nch)》지를 25부나 배달했다.

2월 26일 목요일

오늘 신문 배달이 마구 뒤섞였다. 느릅나무 거리에 《선(Sun)》과 《미
러(Mirror)》를, '코퍼레이션 거리'에 무게 있는 신문들을 배달한 것이
다. 왜 사람들이 그렇게 화를 내는지 모르겠다. 가끔 색다른 신문을 보
는 것도 재미있을 텐데.

2월 27일 금요일 **마지막 학기**

아침 일찍 판도라가 느릅나무 거리 69번지 앞에서 걸어가는 것을 보
았다. 승마용 바지와 모자를 쓴 것을 보면 학교에 가는 것은 아니리라.
난 재빨리 몸을 감추었다. 막일하는 내 모습을 보여주고 싶지 않았다.
곧 판도라가 사는 곳을 알게 되었다. 그 집을 자세히 살펴보았더니
우리 집보다 크고 창문에는 나무 블라인드가 쳐져 있었다.
초록색 나무들 때문에 방들이 꼭 정글같이 보인다. 우체통으로 들여
다보니 커다란 고양이가 부엌 식탁에서 무얼 먹고 있었다. 그 애 집에
선 《가디안》《펀치》《프라이비트 아이(Private Eye)》《뉴 소사이어티

(New Society)》를 보고 있었다. 판도라는 여자 애들이 주로 보는 만화 잡지 《재키(Jackie)》를 보았다. 그 앤 나처럼 지식인은 아닌 모양이다. 그렇지만 말콤 머저리지의 아내라 해서 꼭 지식인이 되란 법은 없겠지.

2월 28일 토요일

판도라는 '블로썸' 이라는 작은 말을 가지고 있다. 그 앤 아침마다 말에게 먹이를 주고 장애물 넘기 훈련을 시키고 있다. 난 그 애 아버지의 볼보 승용차 뒤에 숨어 있다가 그 애가 폐허가 된 기찻길 옆으로 가는 걸 뒤따라갔다. 들판에 있는 낡은 자동차 뒤에 숨어서 판도라를 보았다. 말을 탄 그 애의 모습은 아주 멋있어 보였다. 가슴도 물결치듯이 흔들렸다. 그 애도 곧 브래지어를 해야 할 것이다. 심장이 하도 뛰어서 내가 스테레오 스피커가 된 기분이었다. 내 소리가 판도라에게까지 들릴까 겁이 나서 그곳을 떠났다.

사람들은 신문이 늦었다고 야단들이었다. 《가디언》지 한 부를 남겨 집으로 가져왔다. 잘못된 철자법투성이었다. 철자법을 제대로 아는 사람이 얼마나 많이 실업자로 지내고 있을까 생각하니 한심하다.

3월 ● March

3월 1일 일요일

신문을 배달하기 전에 블로썸에게 설탕을 갖다 주었다. 나와 판도라 둘 사이를 이어주는 것은 그 놈뿐이기 때문이다.

일요일 부록까지 배달하는 바람에 등이 뻣뻣하다.《선데이 피플 (Sunday People)》한 부를 엄마에게 선사했는데 엄마는 그것을 쓰레기 통에 버려야 마땅하다고 하신다. 엿새 동안 노예처럼 일하고 2파운드 6펜스를 받았다! 그런데 그 절반을 베리 켄트에게 뺏겨야 하다니. 체리 씨는 느릅나무 거리 69번지에서 어제《가디언》지가 들어오지 않았다 는 전화가 왔었다고 하였다. 체리 씨는 미안하다는 말과 함께《데일리 익스프레스(Dailt Express)》지를 보냈지만 판도라의 아버지는 차라리 안 보겠다면서 되돌려 보낸 것이다.

오늘은 신문을 읽지 않았다. 신문은 지긋지긋하니까. 일요일 저녁 식사로 차우멘(미국식 중국 요리)과 양배추 요리를 먹었다.

아버지가 할머니 댁에 가셨을 때 루카스 씨가 엄마를 만나러 왔었 다. 스포츠 재킷에 인조 수선화를 달고 있었다.

여드름이 완전히 없어졌다. 신선한 새벽 공기 때문인가 보다.

3월 2일 월요일

조금 전에 엄마가 올라오셔서 그리 유쾌하지 않은 이야기를 좀 해야 겠다고 하셨다. 난 엄마가 6개월밖에 못 살게 되었다던가 들치기를 하다가 잡혔다는 등의 이야기라도 되는 듯이 침대에서 벌떡 일어나 아주 심각한 표정을 지으며 엄마의 얼굴을 쳐다보았다. 엄마는 커튼을 만지작거리며, 내 콩고드 비행기 모형에 담뱃재를 휘날리며 더듬더듬 어른들의 관계에 대해 이야기를 시작했다. 인생은 복잡한 것이며 엄마는 자신을 찾고 싶다고 말했다.

엄마는 날 사랑한다고 했다. 사랑한다!!! 내게 상처를 주고 싶지는 않지만, 어떤 여자들에게는 결혼 생활이 곧 감옥 같을 수도 있단다. 거기까지 말하고 엄마는 내려가셨다.

결혼은 결코 감옥이 아니다! 매일 시장에 갈 수도 있고 할 일도 많다. 우리 엄마는 너무 감상적인 것이 아닐까.

『동물농장』을 다 읽었다. 너무 상징적이다. 복서가 수의과 병원으로 잡혀갈 때는 눈물이 나왔다. 앞으로는 돼지를 한껏 경멸해 주겠다. 그리고 어떤 종류든 돼지고기는 사지 않겠다.

3월 3일 화요일 '재의 수요일' 전날

베리 켄트에게 오늘 돈을 건네주었다. 하느님이 계시다고 믿을 수가 없다. 하느님이 계시다면 베리 켄트 같은 녀석이 돌아다니며 지식인을 협박하는데도 그냥 놔두고 있을까? 왜 큰애들은 작은애들을 협박할까? 뼈와 살에 영양분을 다 빼앗겨 뇌가 쇠약해진 것이 아니면, 운동을 너무 해서 뇌 손상이 생긴 것일까? 아니면 큰애들은 모두 협박과 싸움을 좋아하는 걸까? 대학교에 들어가면 그 문제를 집중적으로 연구해

보아야겠다.

그리고 논문집을 출판해서 베리 켄트에게도 꼭 한 부 보내겠다. 그 자식도 그때쯤은 글씨를 다 읽을 줄 알겠지.

엄마는 오늘이 '재의 수요일' 바로 전날이란 것도 잊고 계셨다. 오후 11시에 가르쳐 드렸는데 아마 신이 나서 집안에 온통 재를 뿌릴 것이다. 한 달 후면 난 열 네 살이 된다

3월 4일 수요일

아침에 충격적인 사건이 일어났다. 빈 신문 가방을 갖고 가게에 들어서는데 저쪽에서 루카스 씨가 잡지를 보고 있었다. 난 담배 판매대 뒤에 몸을 숨겼다. 루카스 씨는 《빅 앤 바운시(Big and Bouncy)》를 골라 돈을 내고 잡지를 코트 속에 숨겨 가지고 가는 것이었다. 《빅 앤 바운시》란 아주 기분 나쁜 사진들로 가득한 음란한 책이다. 엄마한테 이야기해 드려야지.

3월 5일 목요일

정비공장에서 차를 가져왔다. 아버지는 두 시간 동안 차를 닦다 바라보다 하시고 계셨다. 한데 뒷유리창에 붙였던 흔들이 손이 눈에 띄지 않았다. 내가 크리스마스 때 선물로 사드린 것이었는데, 난 아버지

재의 수요일─사순절의 첫날 가톨릭 교회에서는 예수의 죽음과 사랑을 상기시키기 위하여 신자의 머리 위에 재를 뿌리는 습관이 있음.

께 정비공장에 가서 따져 보라고 했지만 아버지는 귀찮아서 싫으시단다. 우린 차를 테스트하기 위해 할머니 댁으로 갔다. 할머니는 쇠고기 즙과 살구 씨를 넣은 과자를 주셨다. 엄마 일은 물어보지도 않고 아버지가 말랐다고만 걱정하셨다.

할머니 말씀에 의하면 버트는 스케그니스에서 잘못을 저질러 상록수 회에서 쫓겨났다고 한다. 버트 때문에 차가 두 시간이나 지체했고 하는 수 없이 수색 팀이 술집을 뒤지러 나간 후에야 돌아왔다. 그는 술에 취한 채 혼자 돌아왔기 때문에 또 다른 수색 팀이 처음 수색 팀을 찾으러 나섰다. 마침내는 경찰까지 동원되어 노인들을 다 찾는 데 몇 시간이 걸렸다고 한다.

돌아오는 길도 악몽 같았다. 노인들이 모두 지쳐 나가 떨어졌는데도 버트는 에스키모에 대한 유치한 시를 읊조렸고, 해리만 부인은 멀미를 해서 코르셋을 풀어주어야 했다고 한다.

야유회를 다녀온 후 노인들 중 두 명이 세상을 떠났다. 할머니는 "버트가 죽인 것이나 다름없다"고 말하지만 난 스케그니스의 찬바람 때문이라고 생각한다. 버트도 사귀고 보면 그렇게 나쁜 사람은 아니라고 말씀드렸다. 할머니는 하느님이 왜 할아버지는 데려가시면서 버트 같이 몹쓸 늙은이는 내버려두는지 모르겠다고 하신다. 그 후론 아무 말도 없이 손수건으로 자꾸 눈물을 찍어냈기 때문에 아버지와 나는 집으로 돌아왔다.

엄마는 외출 중이었다. 요즘 보면 어느 여성 단체인가에 가입한 모양이다.

아버지가 차에게 '잘자라'고 인사를 하신다. 많이 약해지신 것 같다.

3월 6일 금요일 초승달

체리 씨에게 칭찬을 받았다. 그리고 임금도 시간당 2.5펜스로 올랐다. 코퍼레이션 거리에 석간을 돌리지 않겠느냐는 제안을 받았지만 난 거절했다. 코퍼레이션 거리는 시의회에서 불량한 전세 입주자들을 입주시키는 곳이다. 베리 켄트도 그곳 13번지에 살고 있다.

체리 씨가 《빅 앤 바운시》 2부를 주면서 엄마에겐 말하지 말라고 한다. 내가 언젠 말했나? 그 책을 침대 매트 아래에 넣어 두었다. 나 같은 지식인이야 섹스에 관심을 가져도 괜찮지만 루카스 씨 같은 평범한 사람은 부끄러워해야 할 일이다.

사회사업과에 전화해서 버트에 대한 가정 원조를 부탁했다. 내가 그의 손자라고 거짓말을 했더니 월요일에 사람을 보낸다고 했다.

아버지는 도서대출중으로 톨스토이의 『전쟁과 평화』를 빌려 왔다. 내 도서대출중은 어디 갔는지 모르겠다.

블로썸에게 우리 집 개를 데리고 갔다. 둘은 사이좋게 잘 어울렸다.

3월 7일 토요일

아침에 신문을 돌리고 나서 종일 침대에 누워 《빅 앤 바운시》를 읽었다. 처음 느껴보는 야릇한 기분이 되었다.

엄마 아버지와 세인스베리 슈퍼마켓에 갔는데 그곳 여자들을 보니까 《빅 앤 바운시》 생각이 났다. 30이 넘은 여자를 보아도! 엄마는 내가 열이 있고 피곤해 보인다고 하면서 차고에 가서 개 동무나 해주라고 하였다.

개에게는 이미 친구들이 있었다. 너무 크게 짖어대고 낑낑거리니까 사람들이 모여 서서 "불쌍한 것, 저렇게 묶어두다니 잔인하기도 하지"라고 수군거리고 있었다. 개는 줄이 기어에 둘둘 감겨서 눈이 튀어나올 지경이었다. 날 보자 펄쩍 뛰는 바람에 정말 목이 조일 것 같았다.

난 사람들에게 이 다음에 수의사가 될 거라고 했지만 사람들은 내 말을 들은 체도 않고 애완동물 학대 방지에 대해 이야기했다. 차 문이 잠겨 있어서 난 작은 창문을 깨고 손을 넣어 문을 열었다. 내가 끈을 풀어주자 개는 미칠 듯이 기뻐했고 그 때서야 사람들이 돌아갔다. 그러나 아버지는 망가진 차를 보자 미칠 듯이 화를 내셨다. 더군다나 망가진 차를 보고 놀라서 쇼핑백을 던지는 바람에 계란은 다 깨지고 케이크도 뭉개졌다. 집으로 오는 길에는 차도 아주 빨리 몰았다. 아무도 입을 열지 못했다. 개만이 미소를 띠고 있었다.

『전쟁과 평화』를 다 읽었다. 좋은 책이다.

3월 8일 일요일

엄마는 자기 주장 훈련을 받기 위해 여성 단체에 나가셨다. 남자는 참가할 수 없는 모임이었다. 아버지에게 자기 주장 훈련이 뭐냐고 여쭤 보았더니 "내가 뭘 알겠니? 뭔지는 몰라도 나한테 안 좋은 거야"라고 하신다.

봉투에 든 대구를 끓여서 버터소스에 찍어 먹고 오븐에 구운 과자를 먹었다. 그리고 복숭아 통조림과 드림 과자를 먹었다. 아버지가 백포도주 병을 따서 내게 조금 주었다. 난 포도주에 대해 잘 모르지만 좋은 술인 것 같다. 텔레비전 영화를 보고 있는데 엄마가 돌아와서 우리를 꾸짖기 시작했다. '벌레도 꿈틀한다'라든가 '이제 이곳도 변화되어야 한다'는 등의 이야기였다. 그리곤 부엌에 가서 집안일을 셋으로 나누기 시작했다. 난 학교 공부 이외에도 신문 배달, 노인 돌보기, 개밥 주기를 하고 있다고 말했지만 엄마는 막무가내였다. 엄마는 벽에다가 '내일부터 실시'라고 쓰셨다.

3월 9일 월요일

변기, 세면대, 목욕탕을 청소하고 신문 배달을 함. 집에 돌아와서 아침 준비. 세탁기에 빨래를 넣고 학교에 감. 베리 켄트에게 협박금을 주고 버트 박스터 씨 댁으로 감. 사회사업가를 기다렸으나 아무도 오지 않음. 가정 과학 시간에 사과 크럼블을 만듦.

집에 돌아옴. 거실, 라운지, 식당을 청소. 감자 껍질 까기. 양배추 썰기. 손가락을 베임. 양배추에 묻은 피를 헹궈냄. 자른 것을 그릴에 넣고 고기 국물 요리법을 찾아봄. 고기 국물을 만듦. 건더기는 여과기에 거름. 식탁을 차리고, 설거지를 함. 그을린 팬은 물에 담가둠. 빨래를 꺼냄. 흰 속옷과 손수건까지 모두 퍼래졌음. 빨래를 넣음. 개 먹이 줌. 체육복을 다리고 구두를 닦음. 숙제를 함. 개를 운동시키고 목욕함. 목욕탕을 닦음. 차를 석 잔 끓임. 찻잔 설거지. 잠자리에 듦. 자기 주장이 센 엄마를 가진 나. 아아, 불행해!

3월 10일 화요일 1964년 오늘 에드워드 왕자 출생

에드워드 왕자가 아드리안 모올이 되고 내가 에드워드 왕자가 되면 안 될까? 난 꼭 노예와 같은 생활을 하고 있다.

3월 11일 수요일

신문 배달과 집안일을 하고 무거운 몸을 끌고 학교에 갔다. 체육시간에 빼달라는 메모를 엄마가 써줄 리 없기 때문에 일부러 체육복을 두고 나갔다. 바람도 찬데 뛰어다니는 건 딱 질색이다.

한데 남의 고통을 은근히 즐기는 잔인한 존스 선생은 얼른 집에 뛰어가 체육복을 가져오라는 것이다. 집에 갔다가 학교 문 앞에 당도했을 때에야 난 개가 줄곧 내 뒤를 쫓아온 것을 알았다.

개를 내쫓고 교문을 닫았지만 그놈은 쇠창살 사이로 빠져 들어와 운동장에서 껑충거렸다. 탈의실에서 옷을 갈아입는 동안에도 문 밖에서 짖어대는 소리가 학교를 울렸다. 몰래 운동장으로 빠져나가려고 했지만 개는 끈질기게 쫓아와 체육시간에 한몫 끼었다. 축구를 아주 잘해서 존스 선생님까지도 막 웃었다. 결국 공은 우리 개가 펑크를 내고 말 았지만.

한데 재수 없게도 딱부리 눈 교장 선생님이 창문으로 보신 모양이 다. 선생님은 개를 집으로 끌고 가라고 호령하셨다. 지금 돌아가면 학 교 급식을 빼먹게 된다고 말씀드렸더니 그래야 다시는 동물을 데리고 오지 않을 거라며 성화가 대단하시다.

식당 주방장 리치 부인은 아주 친절한 분이시다. 나의 카레라이스와 건포도 푸딩을 오븐에 넣어 데워 주었다. 리치 부인은 교장 선생님을 그다지 좋아하지 않기 때문에 개한테 갖다주라고 커다란 뼈다귀도 비 닐 봉지에 몰래 담아 주었다.

3월 12일 목요일

잠에서 깨어보니 얼굴에 빨간 여드름이 가득 돋아나 있었다. 엄마는 신경성이라고 하지만 난 식사가 나빠서 그렇다고 믿는다. 요즈음 들어 인스턴트 음식을 많이 먹었다. 어쩌면 비닐 봉지 알레르기일지도 모른 다. 엄마가 의사 선생님에게 전화를 하였더니 아무리 빨라도 다음 월 요일까지는 기다리라고 한다! 어쩌면 내가 라싸 열병에 걸려 온 동네 에 퍼뜨리고 다닐지도 모른다! 위급하다고 좀 전해달라고 했더니 엄마 는 내게 '엄살이 너무 심하다'고 한다. 여드름 몇 개 때문에 죽지는 않 는다는 것이다. 내가 그 지경인데도 엄마는 계속 직장에 나간단다. 세 상에 자식보다도 일이 더 중요한 어머니가 여기 계시다!

할머니께 전화를 했더니 택시를 타고 오셔서 나를 태우고 할머니 집으로 데려가 침대에 눕히셨다. 지금 이곳은 할머니 댁이다. 집 안도 깨끗하고 평화롭다. 나는 지금 돌아가신 할아버지의 파자마를 입고 있다. 보리 후레이크와 고깃국을 먹었다. 몇 주일 만에 먹어보는 영양가 놓은 식사인지 모른다.

엄마가 돌아오셔서 내가 없는 것을 알면 한바탕 난리가 나겠지. 그렇지만 일기야, 솔직히 말해서 난 집이 지겹단다.

3월 13일 금요일 상현달

어젯밤 11시 반에 의사가 다녀갔다. 진단 결과 여드름이 덧난 것이라고 한다. 흔히 볼 수 있는 병이라 사춘기의 징후로 보기도 한다면서 라싸 열병일 리는 없다고 한다. 난 올해 아프리카에 간 적이 없었으니까. 할머니에게 방문과 창문에 걸어놓은 소독한 시트를 걸으라고 했지만 할머닌 치우지 못하겠다고 막무가내다. 그러자 의사는 화를 벌컥 냈다. "저 애는 청춘의 심벌로 여드름이 조금 난 것뿐입니다"라고.

할머니는 의사협회에 고발하겠다고 협박하는 투로 말했고 의사는 비웃으며 문을 쾅 닫고 나가버렸다. 아버지가 출근 전에 들러서 학교 숙제와 개를 갖다 주었다. 점심때까지 집에 돌아오지 않으면 다리몽둥이를 분질러 놓겠다고 하신다.

아버지는 할머니와 부엌으로 나가서 말다툼을 하셨다. 아버지의 말이 문 밖으로 들려왔다. "저와 폴린 사이가 좋지 않아요. 우린 서로 아드리안을 맡지 않겠다고 다투고 있습니다." 아버지가 말씀을 잘못하신 게 아닐까? 나를 서로 맡겠다며 싸우시는 거겠지!

최후 최악의 사태다. 내 피부는 엉망이 되어가고 부모님은 갈라서려고 한다.

3월 14일 토요일

모든 것이 끝장났다. 엄마와 아빠는 이혼하기로 결정한 것이다.

그런데 아무도 집을 떠나려 하지 않았기 때문에 남는 방을 아버지의 자취방으로 꾸몄다. 나만 아주 형편없게 되었다. 수의사가 되려는 희망이 깨어질지도 모른다.

엄마가 아침에 5파운드를 주며 아버지에겐 말하지 말라고 하셨다. 난, 피부 미용을 위해 '바이오 여드름 크림'과 아바의 새 LP 레코드를 샀다.

체리 씨에게 개인적인 사정으로 몇 주일간 일을 못하게 될 것 같다고 전화를 했는데 체리 씨는 아버지로부터 엄마가 구독하는 《코스모폴리탄(주간지 이름)》의 배달 취소 통보를 받고 우리 부모가 이혼하게 될 것을 미리 알고 있었다고 한다.

아버지도 5파운드를 주며 엄마에게는 아무 말 말라고 한다. 그걸로 자주색 편지지와 봉투를 샀다. BBC에 시를 적어 보내도 눈에 잘 뜨이도록. 나머지 돈은 베리 켄트에게 상납해야 한다. 세상에 나만큼 불행한 사람이 또 있을까? 내게 시 쓰는 일까지 없었다면 벌써 나는 문제아가 되어버렸을지도 모른다.

서글픈 마음으로 산책을 나가 판도라의 말 블로썸에게 요리용 사과 2파운드를 사주었다. 집에 돌아와서 블로썸에 대한 시를 썼다.

블로썸
곧 열네 살이 될 아드리안 모올 지음

들에서 사과를 먹고 있는
작은 갈색 말아
언젠가는
내 마음의 상처도 씻어지게 되겠지?
승마복과 모자를 폼나게 쓴
판도라가 앉았던 그 자리를
쓰다듬어 본다.
잘 있거라, 갈색 말아
돌아서 멀어지는 길에
비와 진흙이 발을 적신다.

이 시를 BBC에 보냈다. 겉봉에 '속달'이라고 써서.

3월 15일 일요일

집 안이 조용하다. 아버지는 아버지 방에서 담배를 피우시고 엄마는 침실에서 담배를 피우신다. 두 분 모두 식사도 거의 하지 않으신다.

루카스 씨가 세 번이나 엄마한테 전화를 했다. 엄마는 계속 "아직은 너무 일러요"라고 말했다. 엄마를 위로해 줄려고 "한잔하러 가자"고 하는 모양이다.

아버지가 전축을 틀었다. 짐 리브즈의 레코드를 얹고 창 밖을 내다 보신다. 차를 한 잔 갖다 드렸더니 목멘 소리로 "고맙다"고 하신다.

엄마 방에 차를 가지고 갔더니 옛날에 아버지가 쓴 편지들을 읽고 계셨다. 날 보고 "아드리안, 넌 우리 일을 어떻게 생각하니"라고 물었다. 청년회장 릭 레몬이 '이혼은 사회의 잘못'이라고 하더란 말을 했더니 엄마는 '망할 놈의 사회'라고 욕을 해댔다.

내일 학교에 입고 갈 교복을 빨아서 다렸다. 이젠 집안일에도 꽤 익숙해졌다.

여드름이 하도 무섭게 솟아나서 이제 일기에 일일이 적기도 싫다. 학교에 가면 친구들의 웃음거리가 될 게다.

『철가면을 쓴 사람』을 읽고 있다. 그의 기분을 충분히 이해할 수 있을 것 같다.

3월 16일 월요일

학교에 갔다. 그런데 교문이 닫혀 있었다. 이일 저일 고민하느라 오늘이 휴일이란 사실도 잊었나 보다. 집에 가기 싫어서 버트박스터 씨네로 갔다. 사회사업 요원이 와서 세이버에게 새 개집을 갖다 주겠다고 했으나 버트의 집안일은 도와줄 수 없다고 했단다.

싱크대에는 일주일 분의 설거지 감이 그대로 쌓여 있었다. 내가 일을 잘하기 때문에 기다리고 있었단다. 난 청소를 하면서 부모님이 이혼한다는 이야기를 했다. 버트는 이혼을 찬성하지 않았다. 자기 같은 사람도 35년 간이나 지긋지긋한 결혼 생활을 견뎌왔는데 남들은 왜 못 그러냐는 것이다. 자식이 모두 넷이나 되는데 아무도 아버지를 만나러 오지 않는다고 한다. 둘은 오스트레일리아에 있기 때문에 오지 않는 것을 탓할 수 없지만 나머지 둘은 부끄러운 줄 알아야 한다. 버트는 죽은 부인의 사진을 보여 주었다. 두 사람이 성형수술을 받기 전에 찍은 것이었다. 결혼 당시에는 직업이 마부였는데 철도원이 되기 위해 집을 떠날 때가 되어서야 비로소 자기 부인이 말같이 생겼다는 것을 문득 깨달았단다. 내가 말을 보고 싶지 않느냐고 묻자 그는 보고 싶다면서 기꺼이 따라나섰다.

버트와 함께 블로썸이 있는 곳까지 가는 데는 몇 시간이나 걸렸다. 걸음걸이도 느렸고 쉬엄쉬엄 갔기 때문이다. 겨우 도착하여 블로썸을 보여주었더니 버트는 그것이 말이 아니고 암 조랑말이라고 했다. 녀석을 두드리며 "참 예쁘게 생겼구나"라고 칭찬하였다. 블로썸은 뛰어다니고 우리는 낡은 고물차 위에 앉았다. 난 마즈바 초콜릿을 먹고 버트는 싸구려 담배를 피웠다. 그리고 걸어서 버트의 집까지 돌아왔다. 가게에 가서 베스타 차우멘과 인스턴트 버터 스카치(버터와 설탕을 넣어 휘저은 것)를 샀다. 버트가 모처럼 제대로 된 식사를 할 수 있도록. 텔레비전을 본 후, 버트는 소년 시절에 쓰던 말 브러시와 그가 일하던 큰 집의 사진을 보여주었다. 그곳에서 그는 사회주의자가 되었다고 한다. 그가 잠이 드는 바람에 그 이유는 듣지 못했다.

집에는 아무도 없었다. 난 아바의 노래를 아주 크게 틀어놓고 들었다. 나중엔 옆집의 귀머거리 여자가 벽을 두드리는 바람에 꺼버렸다.

3월 17일 화요일

《빅 앤 바운시》를 보았다. 내 물건을 재어보았다. 11cm이다.

건너편에 사는 올리어리 씨는 아침부터 술에 취해 있다. 그 사람은 돼지 멱따는 소리로 노래부르다가 푸줏간에서도 쫓겨났었다.

3월 18일 수요일

엄마와 아버지, 두 분 다 변호사를 만나고 있다. 내 양육권 때문에 그러시나보다. 나는 두 분이 서로 나의 양육권을 가지려고 싸우기를 기대한다. 나는 사람의 줄다리기 아이가 될 것이다. 내 사진이 신문에 실릴지도 모르는데 그 전에 여드름이 없어져야 할 텐데 걱정이다.

3월 19일 목요일

루카스 씨가 집을 내놓았다. 3만 파운드에!!

그 많은 돈을 어디에 쓰려고 할까? 엄마 얘기로는 그분이 더 큰 집을 사려고 한단다. 그런 어리석은 짓이 어디 있어? 내게 3만 파운드가 있다면 난 세상을 돌아다니며 온갖 경험을 쌓으면서 즐길 것이다.

현금은 갖고 다니지 말아야지. 외국인들은 대개 도둑이라니까. 3만 파운드를 모두 여행자 수표로 바꾸어서 바지 속에 꿰맬 테다.

떠나기 전에 할 일

1. 판도라에게 붉은 장미 30송이를 보낼 것.

2. 50파운드에 사람을 고용해서 베리 켄트를 혼내줄 것.

3. 세상에서 제일 좋은 경주용 자전거를 사서 니겔의 집 앞에서 탈 것.

4. 고급 개밥을 잔뜩 사서 내가 없는 동안 개가 굶주리지 않게 할 것.

5. 버트의 집에 가정부를 고용할 것.

6. 아버지와 엄마에게 같이 산다는 조건으로 각각 천 파운드씩 드릴 것.

세계일주를 하고 오면 그때 난 키가 크고 건장하고 세상 경험이 풍부한 사람이 되어 있을 거다. 판도라는 판도라 모올 부인이 될 수 있는 기회를 놓쳐 버린 것이 아까워서 밤에 혼자 울겠지. 수의사 자격증을 얼른 따고 나서 농장을 사야겠다. 방 하나는 서재로 만들어야 지식인 답게 조용한 시간을 즐길 수 있을 것이다.

아무튼 난 집 같은 것에 3만 파운드를 낭비하지는 않겠다!

3월 20일 금요일 **봄의 첫날. 보름달**

오늘부터 봄이다. 시청에서 '느릅나무 거리' 의 느릅나무 가지를 쳤다.

3월 21일 토요일

엄마 아버지는 따로 따로 식사를 하신다. 그래서 누구의 기분도 건드리고 싶지 않은 나는 보통 하루 여섯 끼의 식사를 해야 한다.

텔레비전은 내 방에 있다. 누구의 소유인지 분명하지 않기 때문이다. 그 덕분에 난 침대에 누워서 심야 공포 영화를 마음대로 볼 수가 있다.

루카스 씨에 대한 엄마의 감정이 조금씩 의심스러워진다. 그가 보낸 쪽지 편지를 엄마가 갖고 계시는데,

"폴린, 얼마나 더 당신을 기다려야 하지?
제발 내게로 와주오.당신의 영원한 벗, 빔보."

라고 씌어 있었다.

빔보란 루카스 씨의 별명이다. 전기요금 독촉장 뒤에 그렇게 쓰인 것을 본 일이 있다. 아버지에게 말씀드려야지. 그 쪽지를 《빅 앤 바운시》와 함께 침대 밑에 넣어두었다.

3월 22일 일요일

할머니의 일흔 여섯 번째 생신이다. 난 생일카드와 함께 화분을 선물했다. 그 화분은 '레오파드 릴리'라고도 하고 '디펜바키아'라고도 한다. 흙에 플라스틱 상표가 박혀 있는데 '이 식물의 액즙은 유독하니 조심하시오'라고 씌어 있다. 누가 그 화초를 골랐냐고 할머니가 물으셔서 엄마가 골랐다고 대답했다.

할머니는 엄마 아버지가 이혼한 걸 상당히 기뻐하신다! 항상 엄마에게 '방탕한' 기질이 있다고 생각했는데, 사실로 증명된 것이라고 한다. 엄마를 그런 식으로 말하는 게 듣기 싫어서 집으로 돌아왔다. 할머니한테는 친구와 약속이 있어서 가봐야 한다고 거짓말을 했지만 내겐 친구가 없다. 내가 지식인이기 때문일 것이다. 사람들이 나를 조금은 두려워하는 모양이다. 사전에서 '방탕'을 찾아보았다. 좋은 뜻은 아니었다!

3월 23일 월요일

학교에 갔다. 아아, 불행해! 오늘은 가사실습 시간이 들어 있었다. 속에 치즈를 넣은 감자를 오븐에 굽는 것이었는데 내 감자들은 특히 커서 시간이 끝날 때까지 제대로 구워지지를 않았다. 그래서 버트의 집에 가져가서 마저 구웠다. 그는 또 블로썸에게 가고 싶어했다. 걸음도 잘 못 걷는 그를 데리고 갈 길이 까마득했지만 학교에서 수학 문제를 푸는 것보다는 나을 것 같아서 가기로 했다.

버트는 브러시를 가지고 가서 블로썸을 깨끗이 씻겨 주었다. 블로썸은 아주 말쑥해졌다. 숨이 찬 버트가 낡은 차에 앉아 담배를 한 대 피우고 난 후 우린 걸어서 돌아왔다.

새 집을 갖게 된 이후 세이버의 성질이 많이 누그러졌다. 세이버가 마당으로 옮겨지고 나서 버트의 집도 훨씬 말쑥하고 깨끗해졌다. 사회 사업요원이 버트에게 양로원으로 가는 것이 어떠냐고 해서 버트는 거절했다고 한다. 그에게 손자가 매일 찾아와서 돌봐준다고 거짓말을 했단다. 그 사람이 조사를 나올 예정이라니까 난 그때 연극까지 해야 할지 모른다!!! 난 언제까지나 이렇게 많은 걱정을 안고 살아야 하는 걸까. 아! 인생이여.

3월 24일 화요일

어젯밤 엄마가 루카스 씨 차로 외출하는 것을 보았다. 엄마가 반짝이가 박힌 화려한 드레스를 입은 걸 보면 특별한 곳에 가시는 모양이다. 엄마는 약간 '방탕하게' 보였다. 루카스 씨도 가장 좋아 보이는 양복에 금장식을 많이 달고 있었다. 늙은 사람치고는 옷입는 폼이 제법

세련된 것 같다.

아버지가 외모에 조금만 신경을 쓰셨더라면 이런 사태는 발생하지 않았을 텐데……. 우리 아버지처럼 면도도 잘 하지 않고 장식품도 없는 헌옷이나 입는 사람보다야 양복도 잘 차려입고 근사한 액세서리를 한 남자를 여자가 더 좋아하는 건 당연하지 않은가! 잠을 자지 말고 기다렸다가 엄마가 몇 시에 들어오시나 봐야겠다.

자정. 엄마는 아직도 오지 않았다.

새벽 2시. 아직이다.

3월 25일 수요일

잠이 드는 바람에 엄마가 몇 시에 집에 돌아왔는지 모르겠다. 아버지 얘기로는 보험회사에서 마련한 크리스마스 파티에 다녀오신 거라고 한다. 3월인데! 그만두세요, 아버지! 난 갓난아기가 아니라고요!

오늘 체육 시간에는 수영을 하였다. 그런데 물이 너무 차서 몸이 덜덜 떨리는 것이었다. 탈의실도 마찬가지로 추웠고 물이라면 이젠 진저리가 쳐진다. 만약 무좀이라도 걸린다면 다음 주일엔 빼먹어도 될텐데. 무좀에 걸리도록 노력해서 다음 주일엔 빠져야겠다.

3월 26일 목요일

베리 켄트가 미등(尾燈)도 없는 자전거를 타다가 경찰에게 붙잡혔다. 유치장에 들어갔으면 좋겠다. 그런 녀석한테는 약간의 충격이 필요하니까.

3월 27일 금요일

판도라와 니곌이 헤어졌다! 학교에 그 소문이 파다하다. 오래간만에 듣는 기쁜 소식이다.

지금은 또 다른 너절한 프랑스 작가의 『보바리 부인』을 읽고 있다.

3월 28일 토요일 **하현달**

니곌이 실연의 아픔을 하소연하고는 조금 전에 돌아갔다. 난 여자는 해변의 자갈이나 바다의 물고기만큼 수두룩하다고 위로했지만 니곌은 너무 흥분해 있어서 내 위로의 말도 잘 들리지 않았나 보다.

엄마와 루카스 씨의 관계가 의심스럽게 보인다고 했더니 니곌은 이미 오래된 일이라고 한다. 모두가 다 아는 일을 나와 아버지만 몰랐다고 한다. 경주용 자전거에 대해서도 이야기를 많이 했다. 니곌은 집에 가서 판도라 생각을 해봐야겠다며 돌아갔다.

내일은 '어머니날'인데 선물을 사야 할지 그만둬야 할지 고민이다. 돈은 68펜스뿐이다.

3월 29일 일요일 **어머니날**

어젯밤 아버지가 3파운드를 나에게 주셨다. 마지막이 될지 모르니 엄마에게 괜찮은 선물을 하라는 것이다. 엄마를 위해서 시내까지 갈 생각은 없었기 때문에 체리 씨의 가게에서 블랙 매직이라는 초콜릿 한 상자와 '훌륭한 어머니에게' 라고 쓰인 카드를 샀다.

카드 장사들은 모든 어머니가 다 훌륭하다고 생각하는 모양이다. 그 말이 어느 카드에나 씌어져 있는 걸 보면. 난 '훌륭한' 을 지워 버리고 '방탕한' 이라고 쓰고 싶었지만 참았다. '아들 아드리안 드림' 이라고 써서 아침에 드렸더니 엄마는 "아드리안, 이럴 필요까진 없는데……" 라며 기뻐하셨다. 맞는 말씀이다. 그럴 필요까지는 없는 일이었다.

이제 그만 써야겠다. 엄마는 〈문화 모임〉이란 것을 만들었다. 루카스 씨도 함께 참석할 것이다. 난 물론 초대받지 못했다! 문틈으로 살짝 엿들어야지.

3월 30일 월요일

어젯밤에 또 끔찍한 일이 터졌다. 아버지와 루카스 씨가 마당에서 육탄전을 벌였고, 동네 사람들이 모두 나와서 구경했다! 엄마가 중간에서 말리려고 했지만 양쪽 모두 "저리 비켜!"라며 엄마를 밀어 버렸다. 올리어리 씨도 아버지를 도우려고 했다. "이 간사한 놈은 내가 맡을게, 죠지"라고 외치면서.

올리어리 부인은 우리 엄마를 보면서 막 욕을 해댔다. 그분은 크리스마스 이후 엄마의 행동을 주시하고 있었던 모양이다. 〈문화 모임〉은 아버지가 엄마와 루카스 씨의 사랑이 이미 오래전부터 시작됐다는 것을 알게 된 5시에 깨져 버렸다.

〈문화 모임〉은 7시에 또 시작되었지만 엄마가 루카스 씨와 함께 세 필드로 떠나겠다고 하자 아버지는 비문화인이 되어서 싸움을 시작했다. 루카스 씨가 정원으로 뛰어나갔고 아버지가 럭비 태클을 하듯이 그를 월계수 있는 곳으로 밀어붙이자 싸움은 다시 본격적으로 벌어졌다. 정말 흥분된 순간이었다. 난 침실 창문으로 그 광경을 잘 볼 수 있었다. 올리어리 부인이 "아이가 안됐지 뭐야!"라고 하자 구경꾼들이 모두 나를 올려다보았다. 난 일부러 슬픈 표정을 지어 보였다. 오늘의 경험은 이 다음에라도 큰 상처로 나타날 것만 같다. 지금은 아무렇지도 않은 것 같지만 그건 장담할 수 없는 일일 테니까.

3월 31일 화요일

엄마는 루카스 씨와 함께 세필드로 떠났다. 루카스 씨의 눈은 시퍼렇게 멍이 들어서 보이지 않았기 때문에 엄마가 운전을 해야 했다. 서무실에다 엄마가 떠난 이야기를 했더니 서류를 한 장 주었다. 저녁 급식을 무료로 먹을 수 있는 신청서였다. 우리 집도 '결손 가족(편모 또는 친부와 자녀로 구성된 가족)'이 된 것이다.

니겔이 베리 켄트에게 몇 주일만이라도 나의 사정을 봐주라고 부탁했다. 베리 켄트는 생각해 보겠다고 말했다.

4월 ● April

4월 1일 수요일 만우절

아침 일찍 니젤이 전화로 "여긴 장의사인데, 언제 시체를 가지러 가면 됩니까?"라고 물었다. 그 전화는 아버지가 받았는데 정말이지, 어휴! 아버지는 유머 감각이 전혀 없는 분이다. 그러니 깜짝 놀라 펄쩍 뛰며 욕을 해댈 수밖에.

여자 애들한테 "속치마가 보인다"며 놀리고 도망 다니다가 욕도 많이 얻어먹고, 웃기도 많이 웃었다. 베리 켄트는 미술 시간에 땀띠분을 가져와서 포싱톤 고어 선생님의 부츠에 집어넣었다. 그 선생님 역시 유머 감각이 없는 분이라 화를 버럭 내셨기 때문에 우리는 쥐구멍을 찾아야 했다. 베리는 내 등에도 그 파우더를 넣었다. 기분이 몹시 좋지 않았다. 여교사 화장실에 가서 가루를 털어 냈다.

아버지가 집안일을 전혀 돌보지 않기 때문에 집안 꼴은 엉망으로 되어가고 있다. 개도 엄마가 그리운 모양이다.

난 정확히 13년 364일 전에 태어났다.

4월 2일 목요일

난 오늘로 열 네 살이 되었다. 아버지가 운동복과 축구공을 선물해 주셨다 (아버지는 내가 무얼 가장 원하는지에 대해 모르시고 계신다). 할머니는 『소년을 위한 목공예』라는 책을 사주셨고 (축하의 말은 없었음) 할아버지의 카드엔 1파운드가 들어 있었다(낭비가 심했던 분의 마지막 유산임).가장 신났던 선물은 엄마가 보낸 10파운드와 루카스 씨가 보낸 5파운드(양심의 가책 때문일 거다)였다.

니켈은 재미있는 카드를 보냈다. 겉봉에는 '섹시하고 매력적이고 지적이고 미남인 사람은 누구일까요?'라고 적고, 속에는 '이 친구야, 당신은 절대로 아니라고!'라고 썼다. 그리고는 '나쁜 뜻으로 하는 말이 아니다'라는 말을 덧붙였다. 니켈은 봉투 속에 10펜스를 넣었다.

버트는 집 주소를 모르기 때문에 학교로 카드를 보냈다. 필체는 아주 훌륭했다. 보통 문패를 쓸 때의 필체인 것 같다. 카드엔 알사스 종개의 사진이 있고 내용은,

'버트와 세이버가 축하의 마음을 전하며……'
추신 : 하수도가 막혔음.

이라고 씌어 있었다. 카드와 함께 10실링짜리 책을 살 수 있는 표가 들어 있었다. 1958년 12월이 만기일이었지만 마음만은 고맙다.

마침내 난 열네 살이 된 것이다. 얼굴은 자세히 들여다보니까 조금 어른스러워진 것 같기도 하다(망할 놈의 여드름만 빼고).

4월 3일 금요일

오늘 지리 시험에서 100점을 맞았다. 그렇다! 내가 누군가! 20문제

중 20문제를 모두 다 맞은 내 자신이 자랑스럽다! 숙제를 깨끗이 해왔다고 칭찬도 받았다. 노르웨이의 가죽 산업에 대해서 난 모르는 것이 없다. 그런데 베리 켄트는 무식한 것을 즐기는 듯하다. 엘프 선생님이 영국과 노르웨이의 관계를 말하라니까 "사돈의 팔촌 간이죠"라고 대답하는 것이었다. 그 말을 듣고 판도라까지 웃는 것이 가슴 아팠다. 엘프 선생님과 나만 가만히 있었다.

버트의 하수도를 뚫었더니 고기 뼈와 찻잎이 쏟아져 나왔다. 버트도 이젠 종이 주머니에 든 일회용 홍차를 써야겠다. 지금은 20세기가 아닌가! 버트도 그렇게 해보겠다고 대답했다. 엄마가 보험회사 직원과 달아났다는 말을 했더니 "그것이 신이 하시는 일인가?"라고 묻는다. 그리고는 눈물이 나도록 웃으셨다.

4월 4일 토요일 초승달

아버지와 함께 집 안 대청소를 했다. 내일 할머니께서 차를 마시러 오겠다고 했기 때문에 안할 수 없는 형편이었다. 오후에는 세인즈베리 슈퍼마켓에 아버지와 장을 보러 갔다. 아버지는 방향 조종이 잘 안 되는 낡은 손수레를 고르셨는데 그놈은 쥐가 고문당할 때 내는 소리처럼 계속 삑삑거려서 난 창피스러웠다. 음식을 고를 때도 건강(특히 여드름)에 좋지 않은 것만 골라, 난 단호하게 신선한 과일과 샐러드를 사야 한다고 주장하였다. 계산대 앞에 서서야 아버지는 은행 카드가 주머니에 없는 것을 발견했다. 그것이 없으면 수표를 받아주지 않으므로 책임자가 와서 계산원과 아버지의 실랑이를 말려야 했다. 난 생일 선물로 받은 돈을 빌려 드렸다. 3파운드 38.5펜스를 꾸어 가신 셈이다. 영수증 뒤에다 차용증서를 써달라고 부탁했다.

다음엔 세인즈베리 슈퍼마켓에 들어갈 때 모자를 벗어야겠다. 이 슈퍼마켓은 점잖고 돈 많은 고객을 상대하는 것 같아 보이기 때문이다. 그곳에서 화장지를 고르는 교구 목사를 보았다. 그는 자주색 최고급 화장지를 골랐다. 세상에! 성직자가 태워버릴 정도로 돈이 남아돌기라도 한단 말인가? 보통 쓰는 흰 화장지를 사고, 남는 돈은 가난한 사람을 위해 쓰면 될 텐데. 얼마나 위선자인가!

4월 5일 일요일

아침에 니겔이 왔었다. 아직도 판도라에 대해 열렬한 모양이다. 그 애 생각을 돌리려고 노르웨이의 가죽 산업에 대해 이야기했지만 재미없어 하는 것 같았다.

아버지는 오후 1시에, 그것도 내가 깨워서 일어나셨다. 아들이 일어나서 왔다갔다하는데 왜 침대에만 누워 계시는지 모르겠다. 일어나자마자 자동차를 닦으러 나가셨는데 뒷좌석에서 엄마의 귀걸이를 발견했나 보다. 아버지는 멍하니 그걸 바라보다가 "아드리안, 엄마가 보고 싶지 않니?"라고 물으신다. "물론 보고 싶어요. 그렇지만 우리도 살아가야죠"하자, "난 왜 살아야 하는지를 모르겠다"는 그 말씀, 꼭 자살하겠다는 얘기로 들려서 곧장 위층으로 올라가 위험해 보이는 물건들은 모두 치워 버렸다.

냉동실에 얼려둔 로스트 비프를 저녁으로 먹고 설거지를 하고 있을 때 아버지가 목욕탕에서 면도날 못 봤냐고 소릴 쳤다. 난 못 봤다고 거짓말을 한 후 부엌에 있는 칼과 뾰족한 것들도 모두 치워버렸다. 아버지는 전지 면도기를 쓰려고 했으나 전지 약이 모두 새어 나와 이미 초록색이 되어버린 후였다.

난 마음 넓은 사람이 되고 싶은데 아버지는 좀 지나친 말을 쓰실 때가 있다. 한데 그건 모두 면도를 못하셨기 때문이다! 차 마시는 시간도 역시 좋지 못했다. 할머니는 계속 엄마 욕을 했고 아버지는 그래도 엄마가 그립다고 횡설수설했다. 내가 방 안에 있다는 걸 아무도 신경 써주지 않았다! 차라리 개한테 신경을 쓰면 썼지…….

할머니는 아버지가 수염을 기르는 것에 대해서도 크게 야단하셨다. "죠지, 공산주의자 같이 보이는 게 재미있다고 생각할지 모르지만 난 좀 봐 주기가 힘들구나!" 할아버지는 이프르의 참호 속에서도 매일 면도를 하셨다는 것이다. 쥐들이 면도용 비누를 갉아먹어서 괴로웠지만. 할아버지가 돌아가셔서 관 속에 누워 있을 때도 장의사가 면도를 시켜 줄 정도였다는 것이다. 죽은 사람도 면도를 하는데 하물며 산 사람이 안한다는 것은 말도 되지 않는다고 펄펄 뛰셨다. 아버지는 사정을 설명하려고 여러 번 시도했지만 할머니는 그럴 틈을 주지 않고 막무가내였다.

할머니가 집으로 돌아가시고 나서야 우리는 겨우 숨을 돌릴 수 있었다.

《빅 앤 바운시》를 읽었다.

4월 6일 월요일

엄마가 그림 엽서를 보내 왔다. 아파트를 구할 때까지 '그들' 은 계속 친구 집에서 신세를 지고 있는 중이라고 한다. 자리가 잡히면 놀러 오라고 했다.

아버지께는 엽서를 보여드리지 않았다.

4월 7일 화요일

나의 소중한 판도라가 요즈음 크레이그 토마스와 만나고 있다. 앞으로 다시는 마즈바 초콜릿을 못 얻어먹을 줄 알아라! 토마스!

베리 켄트가 미술시간에 여자 나체를 그리다가 야단맞았다. 포싱톤 고어 선생님 얘기로는 그림의 소재가 저질이었다는 것이 문제가 아니고 녀석의 생리학적인 무식함이 기분 나쁘다는 것이었다. 나는 두 얼굴의 사나이 헐크가 크레이그 토마스를 산산조각 내는 그림을 그려서 분풀이를 하였다. 선생님께서는 '획일적인 억압 상태를 강하게 표현했다' 며 생각 밖의 호평을 해주셨다. 하! 하! 하!

엄마가 전화를 해왔다. 감기에 걸린 것 같이 목소리가 이상했다. 자꾸만 "너도 언젠가는 엄마 마음을 이해하게 될 때가 올 거야" 라는 말을 여러 번 되풀이했다. 전화 뒤편에서 이상한 소리가 나는 것 같았다.

루카스, 그 자식이 엄마 목에다 몰래 입맞추는 건 아닐까? 영화에서 흔히 나오는 것처럼.

4월 8일 수요일

체육 시간 조퇴 사유서를 아버지가 써주지 않아서 나는 오전 내내 파자마 차림으로 수영장에 다이빙해 뛰어들어가 벽돌을 주워야 했다. 집에 돌아와서 목욕을 했는데도 수영장 물의 염소 냄새가 코를 찔렀다. 그런 수업을 왜 하는지 도통 모르겠다. 이 다음에 어른이 된다 해도 나는 결코 파자마 차림으로 강둑을 걸어다니지는 않을 거다. 어떤 멍청이가 하찮은 벽돌 따위나 주우러 강바닥으로 다이빙해 들어갈까? 어디든지 지천으로 널려 있는 것이 벽돌인데.

4월 9일 목요일

어젯밤 아버지와 모처럼 이야기를 많이 했다. 아버지는 엄마와 아버지 중 누구와 살고 싶으냐고 물었다. 난 둘 다 같이 살고 싶다고 했다. 아버지는 근무지에서 도린 슬레이터라는 여자를 알게 됐는데 언제 한 번 내게 소개시켜 주겠다고 하신다. 모든 일이 다시 시작이다. 자살, 상처, 버림받은 남편은 이제 없다!

4월 10일 금요일

할머니께 전화로 도린 슬레이터에 대해 말씀드렸다. 할머니는 별로

달갑지 않으신 모양이다. 이름이 너무 평범하다면서. 그러고 보니 나
도 그런 생각이 든다.

도서관에서 『고도를 기다리며』를 빌렸다. 희곡이란 걸 알고 약간 실
망했지만 그냥 읽기로 했다. 요즘엔 두뇌 훈련을 게을리 했으니까.

니겔이 주말에 같이 지내자고 한다. 그의 부모는 크로이든 시에서
있을 결혼식에 가신단다. 아버지가 승낙해 주셔서 니겔도 아주 좋아했
다. 내일 아침에 니겔의 집으로 놀러갈 거다.

오늘부터 부활절 휴일이다. 머리가 녹슬지 않게 조심해야지.

4월 11일 토요일 상현달

니겔은 대단히 운이 좋은 녀석이다. 집이 얼마나 근사한지 모른다!
모든 것이 현대적이다. 우리 집을 보고 어떻게 생각했을까? 우리 집의
가구는 백 년이 넘은 구닥다리도 많은데!

니겔의 방은 아주 크고 스테레오와 컬러 텔레비전, 카세트데크, 최
고급 레코드 트랙, 전자 기타와 앰프까지 모두 갖추어져 있었다. 벽은
검은색이고 카펫은 흰색, 경주용 자동차가 수놓인 누비이불이 있었다.
《빅 앤 바운시》 잡지도 굉장히 많았다. 같이 잡지를 본 후 니겔이 찬물
로 목욕하는 동안 나는 수프를 만들고 불란서 빵을 잘랐다. 『고도를 기
다리며』를 가지고도 우린 한참을 깔깔거렸다. 그 작품의 주인공인 블
라디미르와 에스트라 공이란 이름이 꼭 피임약 이름 같다고 말하자 니
겔은 배꼽을 쥐어 잡고 미친 듯이 웃어댔다.

니겔의 경주용 자전거도 타보았다. 이젠 세상에서 제일 갖고 싶은 게 그것이 돼버렸다. 판도라와 자전거 중 어느 하나를 선택하라면 자전거를 고를 것 같다. 미안해, 판도라. 그렇지만 사실은 사실인 걸.

가게에 가서 먹을 것도 사왔다. 생선, 과자, 양파 피클, 오이 피클, 삶은 완두, 아무리 많이 사도 니겔의 주머니는 든든했다. 조금 돌아다니다 들어와서 텔레비전에서 하는 〈딱부리 눈 괴물의 침입〉을 구경했다. 딱부리 눈 괴물이 꼭 우리 교장 선생님 같이 생겼다고 했더니 니겔이 또 배꼽을 쥐고 앞뒤로 구르며 마구 웃어댔다. 나중에는 눈물까지 글썽이면서 말이다. 내겐 사람을 웃기는 재주가 있나보다. 수의사가 되지 말고 텔레비전 코미디 작가를 하면 어떨까?

영화가 끝나자 니겔이 잘 때 마시는 술 한 잔 하지 않겠느냐고 물었다. 홈 바로 가서 술잔에 위스키와 소다수를 따랐다. 난 생전 처음 위스키 맛을 보았지만 다시는 마시지 않겠다고 결심했다. 이 쓴 걸 좋아서 마신다는 것이 도무지 이해가 되지 않는다. 원 세상에! 이렇게 머리 나쁜 사람들이 많다니! 그들도 약이라고 주면 부엌 싱크대에다 몰래 쏟아버리겠지!

언제 잠자리에 들었는지 모르겠다. 눈을 떠보니 내가 일기장을 펴놓은 채 니겔의 엄마 침대에 누워 있지 않은가!

4월 12일 일요일

니겔과 함께 지낸 주말이 나의 눈을 뜨게 해주었다! 난 지난 14년 간 내가 가난하다는 사실도 모르고 살아왔던 것이다. 나는 형편없는 집에서 살았고, 엉터리 식사를 했으며, 주머니 사정도 남보다 빈약했다. 지금의 봉급으로 가족을 제대로 부양할 수 없다면 아버지도 다른 일자리를 찾아야 할 것이다. 하긴 항상 창고용 전기난로를 파는 일에 불만을 갖고 계시긴 했지만. 니겔의 아버지는 가족이 현대적 환경 속에서 문화적으로 살게 하기 위해 노예처럼 일했다고 한다. 아버지도 집안에 그런 칵테일 바를 꾸밀 정도가 되었다면 엄마는 집을 떠나지 않았을 것이 틀림없다. 참 답답하다. 아버지는 고작 백년 된 낡은 가구를 자랑으로 삼고 계시니…….

그렇다! 그 낡아빠진 쓰레기 같은 것을 창피해 하기는커녕 그것을 골동품이라고 자랑으로 생각하시는 것이다.

아버지도 문학작품을 읽고 많이 배워야 한다. 보바리 부인이 멍청한 닥터 보바리 곁을 떠난 것도 모두 부인이 원하는 것을 남편이 제공해 주지 못했기 때문이 아닌가.

4월 13일 월요일

체리 씨가 언제부터 신문 배달을 다시 시작할 거냐고 물어왔다. 난 엄마가 떠나서 아직 집 정리가 안 된 상태라고 편지를 보냈다. 그건 사실이다. 어제는 짝짝이 양말을 신고 돌아다녔다. 한쪽은 빨간색, 한쪽은 파란색이었는데 난 전혀 모르고 있었던 것이다. 정신을 차려야겠다. 이러다가 나마저 정신병원에라도 가야 되는 날엔 큰일이다!!

4월 14일 화요일

엄마가 나에게 그림엽서를 보내왔다. 아파트를 구했으니 빠른 시일 내에 한번 다녀가라는 내용이었다.

엄마는 왜 다른 사람처럼 편지로 보내지 않을까? 난 우체부 아저씨가 나의 사생활을 읽어볼까봐 엽서가 싫다. 엄마의 주소는 '셰필드, 프레지던트 카터가 794번지'이다.

아버지에게 가도 되느냐고 여쭈어 보았더니 "엄마가 네 차비만 보낸다면……"이라고 대답하신다. 엄마에게 11파운드 80펜스를 보내달라고 편지를 썼다.

4월 15일 수요일

니겔과 함께 청년회관에 갔다. 무척이나 재미있게 놀았다. 탁구공이 깨질 때까지 탁구를 치다가 다음엔 테이블 축구를 했다. 50대 13으로 니겔을 깨부셨다. 니겔은 시무룩해져서 자기 골키퍼의 다리에 셀로판 테이프가 붙어 있었기 때문에 졌다고 했지만 그건 핑계다. 내 솜씨가 워낙 뛰어났기 때문이다.

어떤 펑크 족들이 내가 입고 있는 통바지를 보고 구식이라고 놀려댔다. 그러나 청년회장 릭 레몬이 들어와서 개인의 취향에 대한 토론을 벌였는데 어떤 옷을 어떻게 입느냐는 것은 당연히 각자의 취향이라는 결론을 내렸다. 어쨌든 아버지에게 새 바지를 사달라고 졸라야겠다.

요즘은 통이 넓은 바지를 입는 사람이 별로 없다. 남의 눈에 뜨이는 것이 창피하다.

베리 켄트는 5펜스를 내기 싫어서 비상구로 몰래 들어오다 릭 레몬에게 들켰다. 그는 베리를 비가 오는 밖으로 쫓아냈다. 얼마나 고소한지! 그야말로 깨소금맛이었다. 베리 켄트에게 줄 돈이 2파운드나 된다.

4월 16일 목요일

일주일이나 지난 지금 수잔 아줌마로부터 생일 카드를 받았다! 아줌마는 항상 날짜를 곧잘 잊어버리신다. 아버지는 직장 생활의 긴장 때문이라고 말씀하시지만 난 그렇게 생각할 수가 없다. 유치장의 여간수 노릇이야 얼마나 편할까? 문만 열었다 잠갔다 하면 되는 걸. 선물은 보통 우편으로 보낸다고 한다. 운이 좋아야 크리스마스 때나 겨우 받아보게 될 것 같다. 하! 하!

4월 17일 금요일 **성 금요일**

예수님이 참으로 불쌍하다. 십자가에 못 박히셨을 때 얼마나 아프고 무서웠을까. 나 같으면 그런 용기를 내지 못했을 거다.

개가 성 금요일의 십자형 빵을 엉망으로 만들어 놓았다. 그 녀석은 도무지 전통을 존중할 줄 모르는 놈이다.

4월 18일 토요일

수잔 아줌마의 선물을 받았다. 수가 곱게 놓인 칫솔 주머니인데 어떤 여죄수가 만들었다고 한다! 이름은 그레이스 푸울. 수잔 아줌마는 그녀에게 감사 편지를 쓰라고 하신다. 아버지의 누이동생이 홀로웨이 감옥에서 일하는 것만으로도 충분한데 이번엔 죄수들에게 편지까지 써야 하다니, 맙소사! 그레이스 푸울은 살인범일까?

11파운드 80펜스는 아직 도착하지 않았다. 엄마는 내가 많이 보고 싶지 않은가 보다.

4월 19일 일요일 부활절

오늘은 예수가 동굴 속에서 부활하신 날이다. 후디니(미국의 유명한 환상가)도 예수를 보고 아이디어를 얻은 게 아닌가 싶다.

아버지가 금요일에 은행에 다녀오지 않아서 우리 식구는 무일푼 신세가 되었다. 부활절 달걀을 사기 위해 콜라 병을 바꿔야했다. 영화를 본 후 할머니 댁에 가서 맛있게 끓인 차를 마셨다. 할머니는 병아리 깃털로 장식한 케이크를 만드셨는데 아버지 목에 깃털이 걸려서 등을 두드리는 등 난리가 났었다. 아버지는 어디서든지 항상 일을 저지르시는데 선수다. 가만히 보면 예절이 없는 편이다. 차를 마신 후 버트에게 갔다. 나를 보고 매우 반가워하는 바람에 조금 미안해졌다. 요즘은 사실 전혀 신경을 못 써 드렸다. 버트는 만화책을 한 꾸러미 주었다. 『이

글스』라는 것인데 멋진 그림이 많았다. 새벽 3시까지 만화책을 봤다. 우리 지식인들은 반사회적인 시간에 깨어 있기를 좋아한다.

4월 20일 월요일 **스코틀랜드를 제외한 영국 전체 공휴일**

오늘도 은행이 쉰다는 것을 알고 아버지는 버럭 화를 내셨다. 담배까지 떨어진 것이다. 그건 오히려 잘된 일이지만. 11파운드 80펜스는 아직도 깜깜 무소식이다.

그레이스 푸울에게 편지를 썼다.

친애하는 푸울 양

칫솔 주머니를 만들어 주셔서 감사합니다. 아주 멋진 선물이에요.

당신의 벗 아드리안

4월 21일 화요일

오늘 은행의 첫 고객은 아버지였을 것이다. 한데 직원은 통장에 돈이 남아 있지 않다며 지불을 거절했다. 아버지는 지점장 나오라며 소리를 질러댔다. 나는 부끄러워서 나무 뒤에 숨어 고함소리가 멈추기를 기다렸다. 책임자인 니가드 씨가 나와서 아버지를 달래는 것이 보였다. 임시대출을 해줄 수 있다는 것이었다. 머쓱해진 아버지는 '그놈의 수의사 때문에'라는 말만 되풀이하셨다. 니가드 씨는 친절하게도 모두 이해한다고 말했다. 그 집에도 미친개가 있는지 모르지만……. 하긴 우리 집만 그런 것은 아닐 거야. 그렇지?

드디어 11파운드 80펜스가 도착하여 내일 아침이면 세필드로 떠나야 할 것 같다. 기차 여행을 혼자 하는 것은 처음이다. 요즘은 확실히 나의 행동 범위가 넓어졌다.

4월 22일 수요일

아버지가 역까지 차로 태워다 주셨다. 가는 동안 여러 가지 주의할 점을 말씀하셨다. 식당칸에서 돼지고기 파이를 사 먹으면 안 된다는 등.

기차에 올라탄 후 나는 자리에 앉지 않고 창 밖을 내다보았다. 아버지는 자꾸만 시계를 쳐다보셨다. 우린 둘 다 특별히 할 말이 없었다. 그러나 나는 참지 못하고 창 밖으로 "개밥 주는 것 잊지 마세요"라고 말했다. 아버지는 심술궂은 표정으로 웃으셨다. 그때 기차가 움직이기 시작했다. 난 손을 흔든 후 금연석을 찾았다. 지저분한 애연가들이 기침을 하면서 모여 앉아 담배를 피우고 있는 것이 보였다. 나는 코를 막고 거칠고 시끄러운 그들 곁을 지나갔다. 금연석의 사람들은 조금 조용했다. 내 자리 맞은편에는 어떤 할머니가 앉아 계셨다. 나는 바깥 풍경을 구경하거나 책을 읽을 생각이었는데 할머니는 딸의 자궁절개수술에 대해 이야기를 늘어놓기 시작했다. 어찌나 듣기가 싫은지 미칠 지경이었다. 잔소리, 잔소리, 또 잔소리. 그러나 고맙게도 할머니는 체스터 필드에서 내리셨다. 보던 잡지를 두고 내렸기 때문에 나는 그리

심심하지 않았다.

　엄마는 나를 보자마자 울음을 터뜨렸다. 약간 당황했으나 한편으로는 기분이 좋았다. 역에서 택시를 잡아탔다. 세필드는 고향에 온 것 같은 느낌을 주는 아늑한 곳으로 내 마음에 들었다. 나이프와 포크 만드는 공장은 전혀 눈에 띄지 않았다. 마가레트 대처 수상이 모두 없애버린 모양이다.

　루카스가 보험회사에 나가고 없어서 난 8시까지 엄마를 독점할 수 있어서 좋았다. 아파트는 꼭 동굴 같았다. 현대적이기는 하지만 너무 작아서 이웃집 기침 소리까지 다 들릴 정도였다. 엄마는 더 좋은 곳에서 살아야 어울릴 것 같다. 너무 피곤해서 그만 써야겠다.

　아버지가 개한테 잘하시는지 모르겠다. 엄마가 집에 같이 갔으면 좋겠는데.

4월 23일 목요일

　엄마와 나는 함께 쇼핑을 하고 왔다. 엄마는 침실에서 쓸 램프 갓을 사고 내겐 새 바지를 사주셨다. 몸에 착 붙는 것이 마음에 쏙 든다. 중국집에 가서 점심을 먹은 후 예수의 생애를 그린 영화를 보았다. 너무 황당해서 웃었는데 죄를 지은 것만 같은 느낌이다.

　집에 돌아와 보니 루카스가 회사에서 돌아와 있었다. 그가 저녁을 준비해 놓았는데 난 입맛이 없다고 말하고 내 방으로 왔다. 그 자식이 만든 음식이 목구멍으로 제대로 넘어갈 것 같지가 않다. 나중에 공중전화로 아버지에게 전화를 걸었다. 전화가 끊어지려고 해서 재빨리 "개밥 주는 것 잊지 마세요"라고 소리질렀다.

루카스가 보기 싫어서 일찍 잠자리에 들었다. 그는 우리 엄마 이름이 '폴린'인 것을 잘 알면서도 꼭 '폴리'라고 부른다.

4월 24일 금요일

엄마를 도와 부엌에 페인트칠을 했다. 갈색과 크림색의 배합이 학교 화장실과 비슷해서 마음에 들지 않았다. 루카스가 주머니칼을 사왔다. 나를 매수해서 자기를 좋아하도록 만들 생각인 것 같은데 천만에. 루카스! 꿈에서 깨시게! 우리 모올 가문은 그렇게 머리가 나쁘지 않아! 마피아단과 같아서 한번 원한이 맺히면 절대로 잊는 법이 없어! 평생 간다고. 아내와 엄마를 훔쳐 갔으니 그 대가를 치러야 될 거야, 이 악당!

주머니칼에 여러 가지 부품이 달려 있어 쓸모가 많을 것 같기에 욕심이 나긴 했다.

4월 25일 토요일

루카스는 토요일에 일하러 가지 않기 때문에 나는 그 호색한의 모습을 하루 종일 지겹도록 보아야만 했다. 그는 조금도 가만 있지 못하고 엄마의 손을 만지거나 입을 맞추거나 엄마 어깨에 팔을 두르곤 했다. 엄마는 그 징그런 짓들을 어떻게 견디는지 모르겠다. 나 같으면 화를 버럭 낼 텐데……

오후에는 루카스와 차를 타고 산에 올라갔다. 날이 추워서 난 차 밖으로 나가지 않았으나 엄마와 루카스는 나이 먹은 주제에 창피스러운 줄도 모르고 뭐가 그리 신나는지 깔깔거리면서 뛰어다녔다. 하느님 맙소사. 주위에 보는 사람이 없길래 망정이지.

돌아와서 목욕을 하고 개 생각을 하다가 잠이 들었다.

내일은 집에 가는 날이다.

새벽 3시. 주머니칼에 달린 이쑤시개로 루카스를 찌르는 꿈을 꾸었다. 꿈이었지만 신나고 가슴이 후련했다.

4월 26일 일요일

오후 2시 10분. 세필드에서의 짧은 체류도 끝나가고 있다. 오후 7시 10분 기차를 타야 하니까 이제 다섯 시간 남은 셈이다. 아버지 말씀이 옳았다. 옷가방을 두 개나 가져올 필요는 없었는데. 그래도 '없어서 후회하는 것보다 준비하는 편이 낫다'는 것이 내 생활 신조. 이웃 사람들이 온통 콜록거리는 이 비좁은 아파트를 떠나는 것은 서운하지 않지만, 엄마에게 같이 가자고 해도 거절하는 것이 가슴 아프다. 언제나 정신을 차리실는지……. 개가 엄마를 그리워한다고 했더니 이내 집으로 전화를 하셨다. 한데 아버지는 바보같이 개가 방금 통조림을 두 통이나 먹어치웠다고 말씀하셨다.

엄마의 질투심을 불러일으킬 생각으로 아버지와 도린 슬레이터의 이야기를 했다. 그러나 엄마는 웃으면서 "아, 도린은 아직도 사람을 못

정했나?' 라고 하신다. 온갖 방법을 다 써보았지만 결과는 나의 패배였다. 두고 보라지! 내 사전에도 불가능은 없다! 하! 하! 하!

오후 11시. 억지로 웃어도 보았지만 돌아오는 여행길은 지옥 같았다. 금연 칸이 만원이어서 난 파이프와 시가와 담배 연기 속에서 푸욱 그을려야만 했다. 커피 한 잔을 마시기 위해 식당 칸에서는 20분이나 줄을 서 있었는데 마지막 순간 작동 잘못으로 판매중지 표지가 내걸렸다. 자리에 돌아와 보니 내 자리엔 어떤 군인이 앉아 있었다. 다른 자리를 구했는데, 맞은편에 앉은 사람이 자기 머리 속에 라디오가 들어 있다는 등 이상한 소리를 계속 지껄여댔다.

역에는 아버지가 마중 나와 계셨다. 개는 나를 보자 기뻐서 껑충거리다가 발을 헛디뎌서 9시 23분 버밍햄 급행열차에 사고를 당할 뻔했다.

아버지는 도린 슬레이터가 차를 마시러 집에 왔었다고 했으나, 집안을 둘러보니 아침은 물론 저녁까지 먹고 나서 차를 마시고 갔다는 걸 알 수 있었다. 그녀를 만나본 일은 없지만 어질러진 모양으로 봐서, 밝은 빨강머리에 오렌지색 립스틱을 바르며 침대 왼쪽에서 자는 습관이 있는 것을 알았다.

이런 귀향도 있을까!

아버지는 도린이 내 교복을 다려 놓고 갔다고 말씀하셨다. 무얼 기대하시는 걸까? 고맙다는 인사를?

4월 27일 월요일

오늘 가사 시간엔 설거지를 배웠다. 공자님 앞에서 문자를 쓰시다니요! 난 아마 세상에서 가장 설거지 잘하는 사람일 겁니다! 베리 켄트가 잘 깨지지 않는다는 접시를 깨뜨리자 부울 선생님은 교실 밖으로 나가라고 명령했다. 한데 베리는 뻔뻔스럽게도 복도에서 버젓이 담배를 피우며 서 있는 것이 아닌가. 그 앤 정말 강심장이다. 난 당연히 선생님께 말씀드려야 한다고 생각했다. 순전히 베리 켄트의 건강이 염려스러웠기 때문이다. 베리는 딱부리 눈 교장 선생님에게 불려가 담배를 몰수당했다. 그런데 니겔의 말로는 교장 선생님이 베리에게 뺏은 담배를 저녁에 피우고 계셨다는 것이다. 그것이 사실일까?

판도라와 크레이그 토마스가 운동장에서 지나친 행동을 해서 학교에 소문이 확 퍼졌다. 오늘은 엘프 선생님이 교무실에서 창문을 두드리는 바람에 둘의 키스가 중단되었다.

4월 28일 화요일

아침 조회 시간에 교장 선생님의 훈화가 있었다. 선생님은 요즘 들어 도덕심이 점점 무너져 가고 있다고 한탄하셨다. 판도라와 크레이그 토마스를 가리켜 말씀하고 계시는 게 분명했다. 하지만 선생님의 말씀도 그들에겐 아무 소용이 없었다. 우리가 교가를 부르는 동안 두 사람이 열정적인 시선을 나누는 것을 나는 똑똑히 보았다.

4월 29일 수요일

요즘 창고용 전기난로가 잘 팔리지 않아서 아버지는 걱정이 많으신 것 같다. 아버지는 그것이 흔히 생각하는 것처럼 소비자가 바보가 아니라는 증거라고 하신다. 난 아버지가 밤에 할 일도 없이 집안을 거니시는 게 싫다. 클럽에 나가거나 취미를 가져보라고 해도 아버지는 그런 것에는 전혀 흥미가 없으신 모양이다. 아버지가 웃는 것은 텔레비전에 전기난로 선전이 나올 때뿐이다. 그러나 그 웃음에도 힘이 없다.

4월 30일 목요일

오늘 학교에서 심한 모욕을 당했다. 베리 켄트가 내 가방을 럭비피치에 내다 던졌다. 빨리 2파운드를 만들어 주지 않으면 다음엔 나를 그 지경으로 만들 것이 뻔하다. 아버지에게는 돈 이야기를 해볼 수도 없다. 각종 고지서 때문에 맥이 빠져 있으니까.

5월 ● May

5월 1일 금요일

아침 일찍 할머니께서 전화를 하셔서 "5월이 다 가기 전에는 '넝마'를 벗지 말라"고 말씀하셨다. 도대체 무슨 뜻인지 잘 모르겠다. 조끼를 말씀하시는 건가?

베리 켄트와, 그 일당이 〈오프스트리트〉 청년 클럽에서 쫓겨난 사실은 나를 기쁘게 했다. 그렇다고 그들이 거리에서 완전히 없어지지는 않겠지만. 그들은 주머니(콘돔의 속어)에 물을 가득 채워 여학생들에게 던졌다. 여학생들은 마구 비명을 지르며 도망쳤다. 판도라는 물주머니를 배지 핀으로 터뜨렸다. 릭 레몬이 방에서 나오다 물에 미끄러져서 그의 노란 바지가 얼룩투성이가 되었다. 릭은 마구 화를 내면서 판도라와 힘을 합쳐 녀석들을 몰아냈다. 그때의 판도라는 아주 사납고 용감해 보였다. '올해의 가장 용감한 여성'에 뽑혀도 될 정도였다.

5월 2일 토요일

그레이스 푸울이 편지를 보내왔다. 내용은 다음과 같다.

친애하는 아드리안.
답장을 보내주셔서 감사합니다. 덕분에 내 생활이 오랜만에 밝아졌어요. 이곳여자 친구들이 내게 구혼자가 생겼다고 놀려댑니다. 오는 6월 15일에 가출옥될 예정인데 당신을 만나러 가도 될까요? 수잔 아줌마는 아주 좋은 분입니다.

그래서 칫솔 주머니를 만들어 드린 것입니다. 그럼 15일에 만나요.

당신의 다정한 벗, 그레이스 푸울로부터

추신: 난 방화범이라는 누명을 쓰고 있으나 어쨌든 지금은 다 지난 일입니다.

오! 하느님, 이 일을 어쩌면 좋을까요?

5월 3일 일요일

냉장고가 텅텅 비어 있다. 찬장 역시 마찬가지다. 빵이 조금 남아 있을 뿐. 아버지가 돈을 어디에 다 쓰시는지 모르겠다. 영양실조에 걸릴 것 같아서 할머니 댁으로 갔다. 오후 네 시에 내 평생 잊을 수 없는 묘한 순간을 경험했다. 나는 할머니댁 석탄불 앞에서 《세계의 소식》이라는 신문을 보며 토스트를 먹고 있었는데 제4라디오 방송에서 포로수용소의 고문에 대한 연속극이 흘러나왔다. 할머니는 잠이 드셨고 개도 오늘 따라 조용히 있었다. 그 순간 나는 아주 황홀한 기분이 되었다. 종교에 눈을 뜬 것이 아닐까? 어느 순간 내가 성자가 된 것 같은 착각도 들었다.

수잔 아줌마에게 전화했더니 홀로웨이에 출근하고 안 계셨다.

아줌마의 친구 글로리아에게 아줌마가 들어오는 대로 급히 전화해 달라고 말해 두었다.

5월 4일 월요일

수잔 아줌마가 전화를 하셨는데, 그레이스 푸울이 자수 공장에 불을 질러 가석방이 취소되었다고 한다.

그들의 손해가 어쨌든 나한테는 천만 다행이다!

5월 5일 화요일

집으로 오는 길에 집배원 아저씨를 만났다. 그는 엄마가 토요일쯤에 나를 보러 올 거라고 한다. 남의 엽서를 훔쳐보는 그 아저씨의 야비한 버릇을 윗사람에게 일러바쳐서 처벌해 달라고 얘기하고 싶은 마음이 굴뚝같았다!

집에 가보니 아버지도 이미 엽서를 읽으신 후였다. 아버진 기분이 좋아져서 집 안에 쌓인 쓰레기를 내다버리기 시작했다. 그리고는 도린 슬레이터에게 "토요일 극장표의 날짜를 바꿔야겠다"고 전화를 하셨다. 아이들에게는 거짓말하지 말라고 하면서 어른들은 거짓말을 잘도 하신다. 도린 슬레이터가 화가 나서 소리를 지른 모양이었다. 아버지는 "원래 오래 사귈 생각은 없었어. 처음부터 그렇게 하기로 했잖아? 아무도 폴린을 대신할 수는 없어"라고 목소리를 높여 가며 말했다. 도린 슬레이터가 계속 악을 쓰자 아버지는 전화기를 내려놓고 말았다. 그러나 전화가 다시 걸려왔다. 아버지는 코드를 뽑아버린 후 새벽 2시까지 집 안 청소를 하셨다. 겨우 화요일인데! 토요일 아침이면 어떤 모습으로 계실까? 바보 같은 아버지는 엄마가 아주 돌아오는 줄로 착각하는가 보다.

5월 6일 수요일

자랑스럽게도 급식 당번에 내가 뽑혔다. 싱크대 옆에 서서 학생들이 자기가 먹은 접시를 잘 닦는지 지켜보는 일이다.

5월 7일 목요일

버트가 빨리 좀 와달라고 학교로 전화를 하였다. 교장 선생님은 그 이야기를 전해주시면서 학교 전화는 학생의 사생활에 사용될 수 없다고 말씀하셨다. 그만해둬, 스크루톤. 이 딱부리 눈아!!! 버트는 엉망진창이었다. 아버지한테 물려받아서 1946년부터 하고 있었다는 의치를 잃어버린 것이다. 온 집 안을 뒤졌지만 나도 도무지 찾아낼 수가 없었다.

가게에 가서 수프 통조림과 버터스카치 인스턴트 반죽을 사왔다. 그 정도밖에 못 먹을 테니까. 내일 와서 다시 찾아보겠다고 약속을 했다. 세이버는 자기 집에서 무엇인가 씹고 있었다.

아버지는 오늘도 집 안을 치우셨다. 니겔조차 부엌 바닥을 보고 놀랄 정도였다. 그래도 앞치마만은 입지 않았으면 좋겠다. 그걸 입으시면 동성애자 같이 보인다.

5월 8일 금요일

버트의 의치는 개집에서 발견되었다. 버트는 그걸 수돗물에 한번 헹궈서 자기 입 속에 쏙 넣었다! 그걸 보고 있으려니까 구역질이 나려고 했다.

엄마를 환영하기 위해 아버지는 꽃을 한 다발 사오셨다. 나쁜 냄새를 없애기 위해 집 안 여기저기에 두었다.

루카스 씨의 집이 드디어 팔렸다. 부동산 중개소에서 일하는 사람이 널빤지 치우는 것을 보았다. 새로 오는 사람들이 좋은 사람이기를 바란다. 죠지 엘리오트란 사람의 『플로스 강의 물레방아』를 읽고 있다.

5월 9일 토요일

아침 8시 30분에 대문을 크게 두드리는 소리에 잠이 깼다. 전기공사 직원이었다. 우리 집의 전기를 끊으러 왔다는 것이다! 아버지의 밀린 돈은 95.79파운드이다. 그 사람에게 텔레비전이나 전축 때문에라도 전기를 끊으면 안 된다고 애원해 봤지만 그는 우리 같은 사람이 국력을 갉아먹는다고 욕을 했다. 그가 천장 위에 있는 계량기를 건드리는 순간 부엌 시계의 초침이 멎었다. 매우 상징적이었다. 아버지는 아침 신문을 가지고 들어오시면서 콧노래를 부르셨다. 매우 유쾌해 보였다. 전기공사 직원에게 차 한잔하겠느냐고 묻기까지 하셨다. 그 사람은 필요 없다고 말하면서 얼른 나가 차를 타고 떠났다. 아버지가 전기주전자의 스위치를 올렸기 때문에 나는 하는 수 없이 그 이야기를 했다.

당연히 욕은 내가 먹었다! 아버지는 그런 불법 가택 침입자를 집에 들여놓았다고 나를 꾸중했다. 나도 지지 않고 할머니처럼 매주 고지서를 정리해 놓으라고 말씀드렸다. 그러나 아버지는 정신없이 소리를 질러댔다. 그때 엄마와 루카스가 나타났다!

한순간 모든 사람이 일제히 소리를 지르는 묘한 일이 벌어졌다. 나는 개를 끌고 가게에 가서 양초를 다섯 상자나 사왔다. 돈은 루카스가 빌려주었다.

돌아왔을 때는 엄마의 목소리가 문 밖까지 흘러나왔다. "돈을 못 내는 게 당연해요, 죠지. 이 꽃들을 보세요. 꽃이 얼마나 비싼데요." 엄마의 목소리는 부드러웠다. 루카스 씨가 아버지에게 돈을 빌려주겠다고 했지만 아버지는 위엄 있게 "내가 당신에게 원하는 건 내 아내뿐이오"라고 말씀하셨다. 엄마는 집 안이 깨끗하다고 아버지를 칭찬하셨다. 아버지의 표정은 슬프고 얼굴은 늙어 보였다. 난 아버지가 너무 불쌍하게 느껴졌다.

다음엔 누가 나의 양육권을 가질 것인가에 대해 토론이 있었기 때문에 난 나가 있어야 했다. 이야기는 끝이 없었다. 결국 촛불을 켤 때가 되었다.

루카스가 새 스웨드 가죽 구두에 양초 물을 쏟은 것이 이 비극적인 하루 중에서 단 한번의 통쾌한 순간이었다.

엄마와 루카스가 택시를 타고 떠난 후에 난 개를 끌어안고 침대에 누웠다. 아버지는 도린 슬레이터와 통화를 하고 나서 밖으로 나가시는 모양이다. 창 밖으로 내다보니 자동차 뒷좌석에 꽃이 하나 가득하다.

5월 10일 일요일 **미국과 캐나다의 어머니날. 상현달**

오후 4시 반까지 침대에 누워 있었다. 우울증인가보다. 6시쯤 우박이 내린 것말고는 종일 아무 일도 없었다.

5월 11일 월요일

버트가 파라핀 난로를 빌려주겠다고 한다. 우리 집 가스 난방은 전기가 없으면 돌아가질 않는다. 그러나 난 사양했다. 파라핀 난로는 잘 넘어진다고 하는데 우리 개가 필시 가만 놓아둘 리가 없기 때문이다.

전기가 끊겼다는 소문이 동네 사람들한테 새어 나간다면 난 목을 매겠다. 너무나 수치스러운 일이다.

5월 12일 화요일

우리반 담임 선생님과 함께 오랫동안 장래 문제에 대해 이야기했다. 수의사가 되고 싶다면 물리, 화학, 생물 과목에서 중등학력고사(O level)에 합격해야 된다고 말씀하셨다. 미술, 목공, 가사 과목은 해당이 안 된다는 것이다.

난 지금 인생의 갈림길에 서 있다. 지금 결정을 잘못하면 수의사가 되는 일에 막대한 지장이 올지도 모른다. 한데 난 과학 부분에 자신이 없다. 선생님께 텔레비전의 코미디를 보려면 어느 수준까지 학점을 따야 하느냐고 여쭤 보았더니, 자격은 전혀 필요 없고 저능아가 되면 충분하다고 말씀하셨다.

5월 13일 수요일

아버지와 상의했다. 아버지는 내가 잘하는 과목만 하라고 하신다. 수의사야 암소의 엉덩이나 만지고 버릇없는 비계덩어리 개에게 주사나 놓으면서 일생을 보내는 직업이라는 것이다. 그래서 난 장래 문제를 놓고 다시 고민하기 시작했다.

스펀지—다이버(스펀지 위에 뛰어내리는 다이버처럼 누워서 떡 먹기 식의 편한 직업)가 된다 해도 괜찮지만 영국에서는 별로 취직 자리가 없을 것이다.

5월 14일 목요일

영어 숙제를 한 노트에 촛농이 가득 떨어져 있다고 스프록톤 선생님께 야단을 맞았다. 숙제를 할 때 촛불에 코트 소매가 스쳤기 때문이라고 설명하니까 선생님은 금방 눈물이 글썽글썽해졌다. 그리고 날 '용감한 아이'라고 칭찬하시며 상점(賞點)을 주셨다.

크림크래커와 참치로 저녁을 먹고 촛불 아래서 카드놀이를 했다. 아주 멋있었다. 아버지가 장갑의 손가락 끝을 잘라주셨기 때문에 우리는 도망 다니는 악당들 같은 기분이 들었다.

찰스 디킨스의 『고난의 시기』를 읽고 있다.

5월 15일 금요일

할머니가 전화도 없이 갑자기 찾아오셨다. 그때 우리는 캠핑용 가스 난로 앞에 웅크리고 앉아 깡통에 든 차가운 콩을 퍼먹고 있었다. 아버지는 촛불 아래에서 《플레이보이》 잡지를 읽고, 난 열쇠고리의 플래시로 『고난의 시기』를 읽고 있었지만 아주 만족스러운 시간이었다. 아버지는 "인류 문명이 망했을 때를 대비한 좋은 훈련"이라고까지 말씀하셨다. 그때 할머니가 뛰어들어와서는 마구 화를 내시면서 우리를 강제로 할머니 집으로 데리고 가셨다. 지금 이 글을 쓰고 있는 곳은 돌아가신 할아버지의 침대이다. 아버지는 아래층 안락의자에서 주무시고 계신다. 할머니는 전기요금을 은행 지로로 갚으시려는 모양이지만 아직 화가 풀리지 않으신 것 같았다. 그 돈은 고기를 사서 냉동실에 넣어둘 돈이었기 때문이다. 할머니는 죽은 암소를 일년에 두 마리 정도는 사신다.

5월 16일 토요일

할머니의 주말 쇼핑을 도와드렸다. 식품점에서의 할머니는 아주 사나워 보였다. 매가 들쥐를 보듯이 저울을 지켜보다가 베이컨을 덜 얹었다고 점원에게 버럭 소리를 지르는 것이었다. 점원은 할머니 앞에서 쩔쩔매며 얼른 한쪽을 더 얹어 주었다.

커다란 보따리를 들고 언덕을 비틀거리며 올라왔다. 보따리가 얼마나 무거웠던지 팔이 떨어져 나갈 것 같았다. 혼자 장에 가실 때는 어떻게 들고 오시는지 모르겠다. 시의회에서 언덕에 에스컬레이터를 만들어 줘야 할 것 같다. 노인들이 길에서 쓰러지는 것보다는 그것이 장기적으로 볼 때 더 절약이 될 것이다. 오늘 아버지가 우체국에 전기요금을 내러 가셨다. 하지만 컴퓨터로 하기 때문에 일 주일이 지나야 다시 전기가 연결된다고 한다. 우체국 직원들도 컴퓨터한테는 꼼짝 못하나 보다.

5월 17일 일요일

할머니께서 교회에 가자고 아버지와 나를 아침 일찍 깨우셨다. 할머니의 독촉에 못 이겨 아버지는 머리를 빗고 할아버지의 넥타이를 매셨다. 우리를 양옆에 거느리고 가는 것이 할머니는 자랑스러운 모양이다. 예배는 아주 지겨웠다. 교구 목사는 살아 있는 인간 중에서 제일 늙은 사람처럼 보였고 목소리도 아주 답답했다. 아버지는 앉아야 할 때 일어나고 일어나야 할 때 앉기 일쑤였지만, 난 할머니 하시는 대로만 따라 했다. 할머니는 항상 옳으시니까. 아버지가 찬송가를 너무 크게 불러서 사람들이 모두 쳐다보고 웃었다. 밖으로 나온 후 목사님과 악수를 했는데 죽은 나뭇가지를 만지는 그런 기분이었다.

저녁을 먹고 알 존슨의 레코드를 들었다. 할머니가 주무시러 올라간 후 아버지와 나는 같이 목욕을 했다. 그런데 아버지가 그만 실수로 41

년이나 된 우유 단지를 깨뜨리셨다! 아버지는 너무나 겁에 질려 한잔하러 간다며 나가버렸다. 나는 버트를 만나러 갔는데 집에 아무도 없어서 블로썸한테 갔다. 나를 보고 굉장히 반가워했다. 하루 종일 들판에 혼자 서 있는 게 얼마나 지루할까. 찾아주는 사람을 반기는 것은 당연할 거다.

5월 18일 월요일

우유 단지 때문에 할머니는 아버지에게 말을 걸지 않는다. 우유 단지 따위가 문제가 되지 않는 집으로 어서 가고 싶다.

5월 19일 화요일 **보름달**

어젯밤 늦게 들어왔다고 아버지가 야단을 치셨다. 너무하다! 아버지도 깨진 우유 단지만큼 나이를 먹었으면서 나의 마음을 이해 못하시다니?

협박당하고 있다는 것을 아버지에게 실토했다. 베리 켄트가 내 양복 저고리를 망쳐 놓고 배지를 잡아뜯었기 때문에 어쩔 수가 없었다. 아버지는 내일 베리 켄트를 만나 그 동안 뺏긴 돈을 모두 받아내겠다고 하신다. 난 아마 곧 부자가 될 것이다!

5월 20일 수요일

베리 켄트는 협박 사실을 모두 부인했다. 아버지가 그 동안 내가 빼앗긴 돈을 돌려 달라고 하자 큰소리로 웃었다. 아버지는 베리의 아버지를 만나 한바탕 싸운 후에 경찰을 부르겠다고 협박했다. 우리 아버지가 그렇게 용감한 사람인 줄은 몰랐다. 베리 켄트의 아버지는 커다란 원숭이처럼 생겼는데 손등에 난 털은 우리 아버지 온몸의 털 모두를 합한 것보다도 더 많아 보였다.

경찰에서는 증거가 없으면 아무 일도 할 수 없다고 한다. 그래서 돈을 건네주는 것을 본 니겔에게 증인이 되어달라고 부탁할 생각이다.

5월 21일 목요일

베리 켄트한테 끌려서 화장실로 갔다. 그는 날 가방걸이에 매달아 놓고 차마 이 일기장에 쓸 수 없는 욕설을 퍼부어 댔다. 할머니도 협박 사건을 알아버렸다(아버지는 할머니의 당뇨병 때문에 알리지 않으려고 하셨다). 할머니는 이야기를 끝까지 들으시더니 모자를 쓰고 아무 말 없이 나가셨다가는 1시간 7분 후에 돌아오셨다. 코트를 벗고 머리칼을 빗어 내린 다음 허리춤에서 27.18파운드를 꺼내주시는 게 아닌가. "그 애가 다시는 너를 귀찮게 하지 않을 거다, 아드리안. 또 한번 그러면 내게 말해라." 할머니는 이렇게 말씀하시더니 차를 준비하셨다. 청어, 토마토, 생강 케이크를 먹었다. 나는 할머니에 대한 존경심의 표시로 약국에 가서 당뇨 환자용 초콜릿을 사다 드렸다.

5월 22일 금요일

76살의 할머니가 베리 켄트와 그 아버지를 꾸짖고 돈을 다시 찾은 이야기는 이미 온 학교에 퍼져 있었다. 베리 켄트는 얼굴도 제대로 들지 못하고 다녔다. 그 패거리들은 새 두목을 뽑을 거라고 야단들이다.

5월 23일 토요일

집으로 돌아왔다. 전기는 나시 연결되었으나 화초들은 모두 죽어 있었다. 현관에 각종 고지서가 쌓여 있다.

5월 24일 일요일

내 방을 검은색으로 칠할 생각이다. 나는 색 중에서 검은색을 가장 좋아한다. 얼간이 같은 벽지를 보면 답답해서 뛰쳐나가고 싶다. 내가 지금 몇 살인데 장난감 왕국의 그림이나 둘러보며 살아야 하나. 아버지도 내가 페인트를 사서 직접 칠한다면 상관하지 않으시겠다고 했다.

5월 25일 월요일

나는 시인이 되기로 결심했다. 아버지는 시인은 장래성도 연금도 없고 골치 아픈 일만 많다고 반대하시지만 내 결심은 이제 단호하다. 아버지는 컴퓨터 기사가 되라고 하신다.

"난 영혼을 담을 수 있는 일이 좋아요. 그런데 컴퓨터는 영혼이 없잖아요."

아버지는 "미국인들이 머지 않아 생각하는 컴퓨터를 만들게 될 거다."라고 하시지만 그렇게 오래 기다릴 수는 없다.

검정 페인트 두 통과 반 인치짜리 솔을 샀다. 독립심 기르기 강좌를 듣고 집에 도착하자마자 페인트칠을 하기 시작했다. 광대 무늬가 검은 페인트 사이로 아직도 비친다. 두 번은 더 칠해야 비치지 않을 것 같다. 아아, 괴롭고 싶어라!

5월 26일 화요일 **하현달**

이제야 두 번 칠했다! 광대 무늬의 벽지는 아직도 사라지지 않았다! 계단과 난간에 온통 검은 발자국투성이다. 손에 묻은 페인트도 잘 지워지지 않는다. 솔의 털도 빠지고, 이젠 나도 너무 지쳤다. 방은 검정색으로 칠해서 그런지 어두컴컴해 보인다. 아버지는 조금도 도와주지 않으셨다. 사방이 군데군데 검정 페인트로 칠해져 있다.

5월 27일 수요일

세 번째 칠을 했다. 조금 나아져서 이제는 광대의 모자만 조금 비쳐 보인다.

5월 28일 목요일

광대의 모자 부분을 그림붓으로 칠하고 검정 페인트로 마지막 한번 더 칠했지만 지독한 모자 방울들은 아직도 보인다!

5월 29일 금요일

검은색 볼펜으로 모자 방울들을 칠하는 중이다. 오늘밤 69개를 칠했는데 아직도 124개나 남았다!

5월 30일 토요일

오후 11시 25분에 마지막 방울 칠하는 것을 끝냈다. 렘브란트가 시스틴 성당 그림을 완성했을 때의 기분을 이해할 것 같다.

새벽 2시. 페인트는 다 말랐지만 왠지 실패작 같다. 얼룩덜룩할 뿐만 아니라 군데군데 도깨비 나라 사람의 줄친 바지와 플로드 씨의 코가 보인다. 방울이 비치지 않는 것만도 고맙지 뭐! 아버지가 그만 자라고 말하러 올라오셨다가 방을 보시더니 살바도르 달리의 그림이 생각난다고 하셨다. 초현실주의 악몽 같다고 하시지만 아버지 방의 벽지는 장미꽃밖에 없으니까 질투가 나신 거다.

5월 31일 일요일

싱 씨의 가게에 가서 향을 샀다. 페인트 냄새가 지독했기 때문에 그 냄새를 없애기 위해 방에 향을 피웠는데 아버지가 들어오셔서 향을 창 밖으로 던져버렸다. "마약은 못 봐줘!"라고 하시면서. 설명을 하려고 했지만 내 말은 들어주지도 않고 화만 내시는 거였다. 몇 시간 동안 가만히 방에 틀어박혀 있으니까 검은색 벽이 나를 짓누르는 것 같아서 버트에게 갔다. 오늘 따라 내 말을 유난히 못 알아듣는 것 같아 돌아와서 텔레비전을 보았다. 차를 마시고 지리 숙제를 하고 잠자러 갔다. 개가 이제는 방 안에 있으려고 하지 않고 나가고 싶어서 자꾸 낑낑거린다.

6월 ● June

6월 1일 월요일

배달된 편지를 보고 아버지의 얼굴이 갑자기 창백해졌다. 직장에서 쫓겨난 것이다! 앞으로 실업 수당을 받게 된다! 배급 식량만으로 어떻게 살 수 있을까? 개도 없애야 한다. 개밥 사는 데 하루 35펜스 이상이 들기 때문이다. 난 실업 수당으로 살아가는 결손 가정의 아이가 되었다. 앞으로 내 구두도 구호기관에서 사주겠지!

오늘은 학교에 가지 않았다. 학교에 전화를 해서 아버지가 정신병이 생겨 돌봐드려야 한다고 말했더니 서무 직원은 걱정스러운 목소리로 아버지가 때리지는 않으시더냐고 물었다. 아직 때릴 것 같지는 않지만 만약 때리면 경찰을 부르겠다고 하였다. 아버지가 충격을 가라앉히시도록 마실 것을 뜨겁게 만들어다 드렸다. 아버지는 전기난로 주위를 서성거리면서 언론기관에 모든 것을 폭로하겠다고 하신다.

아버지의 전화를 받고 부리나케 달려온 도린 슬레이터는 맥스웰이라는 골치 아픈 아이를 데리고 있었다. 난 도린 슬레이터를 처음 만나는 것이었기 때문에 상당히 충격을 받았다. 아버지가 왜 그녀를 육체적으로 알고 싶어하는지 이해할 수가 없었다. 도린은 막대기처럼 비쩍 말랐고 가슴도 엉덩이도 매우 빈약해 보였다.

그녀는 위에서부터 아래까지 전부가 직선인 몸매였다. 입도 코도 머리도. 집에 들어오자마자 바로 아버지를 끌어안았는데 맥스웰이 울기 시작하자 개까지 덩달아 짖어대는 것이었다. 난 내 방으로 올라와서 페인트 밖으로 비치는 것이 몇 개인가 세어보기 시작했다. 모두 117개였다.

도린은 맥스웰을 유아원에 데려다 주기 위해서 오후 1시 반에 돌아갔다. 그리고는 시장을 봐와서 스파게티와 치즈를 넣은 식사도 만들어 주었다. 그녀 역시 결손 가족 중의 하나이다. 맥스웰은 정식 결혼을 하지 않고 낳은 자식이라고 한다. 함께 설거지를 하면서 도린은 자기 이야기를 나에게 많이 해주었다. 조금만 더 살이 붙었으면 좋을 뻔했다.

6월 2일 화요일 초승달

도린과 맥스웰이 우리 집에서 자고 있다. 맥스웰은 소파에서 재울 생각이었으나 하도 우는 바람에 할 수 없이 아버지와 도린 사이에 눕혀야 했다. 결국 아버지는 도린에 대한 육체적인 지식을 더 늘릴 수가 없었을 것이다. 아버지의 행동이 아주 구역질난다. 맥스웰 녀석에게 느낀 것에 비하면 아무 것도 아니지만. 하! 하!

6월 3일 수요일

학교에 갔으나 정신 집중이 잘 안 되고 자꾸 막대기 생각만 떠올랐다. 쭉 고른 이빨이 희고 예쁘다. 집에 돌아와 보니 잼파이를 만들어 놓았는데 보통 여자들 같지 않게 잼을 아끼지 않고 듬뿍 썼다.

아버지는 담배와 술을 심하게 하셨다. 도린의 말에 의하면 아버지는 요즘 성교불능이라고 한다. 그런 것까지 나는 알고 싶지 않은데! 도린은 나를 자기 애인의 14살 2달 1일 된 아들로 생각하지 않고 어른으로 생각하는가 보다.

6월 4일 목요일

아침 일찍 엄마가 집으로 전화를 하셨는데 도린이 그 전화를 받았다. 엄마는 나를 바꾸라고 한 후 도린이 왜 집에 있느냐고 따져 물으셨다. 아버지가 신경쇠약에 걸려 도린이 보살펴 주고 있는 거라고 대답했다. 실직하신 이야기며 술과 담배를 너무 심하게 해서 자제력을 잃으셨다는 이야기도 했다. 전화를 받고 나서 학교에 갔다. 반항적인 기분이었기 때문에 빨간 양말을 신었다. 빨간 양말은 엄격하게 금지되어 있었지만 나는 아무 것도 두렵거나 겁나지 않고 될 대로 되라는 심정이었다. 내 형편이 이 이상 더 나빠질 수는 없을 테니까!

6월 5일 금요일

마침내 조회시간에 스프록톤 선생님께 양말을 들켰다! 그 늙은 통자루는 날 딱부리 눈에게 일렀고 난 딱부리 눈의 방으로 불려갔다. 그는 일반적 관습이나 행위를 따르지 않는 사람은 위험하다는 연설을 한참 늘어놓은 후 집에 가서 빨리 검은 양말로 갈아 신고 오라고 했다. 아버지는 아직도 침실에 계셨다. 성교불능증을 치료받고 있는 모양이었다. 나는 맥스웰과 같이 『유아원』을 읽으면서 아버지가 내려오기를 기다리다가 양말 사건 이야기를 꺼냈다.

아버지는 내 얘기를 듣자마자 무조건 화부터 내셨다! 학교에 전화를 걸어서, 관리인들과 작업 문제를 의논하고 있는 교장 선생님을 바꿔 달라고 하였다. 그리고는 마구 소리를 질렀다. "마누라한테 버림받고, 실업자가 되어 머저리 같은 애까지 떠맡고 있어요." 설마 맥스웰을 두고 하는 말일 테지. "그런데 양말 색깔 따위로 내 아들을 괴롭히다니!" 스크루톤 선생은 검은 양말만 신겨 보낸다면 다른 문제는 없다고 했지만, 아버지는 본인이 좋아하는 양말을 신는데 뭐가 나쁘냐고 따졌다. 선생님이 규율은 지켜야 할 의무가 있다고 하자, 아버지는 1966년 잉글랜드 월드컵 팀이 검은 양말을 신지 않았고, 1953년 에드먼드 힐러리 경도 검은 양말을 신지 않았었다고 증거를 댔기 때문에 선생님은 입을 다물었다. 아버지는 전화를 끊고 "이제 겨우 1라운드 시작이야"라고 말씀하셨다.

이번 사건이 신문에 난다면 '학교에 빨간 양말 소동'이라고 실리겠지. 그걸 읽고 엄마가 집으로 돌아올지도 모른다.

6월 6일 토요일

기쁘다! 아니, 황홀하다! 판도라가 양말 항의서를 만들고 있는 것이다! 오늘은 우리 집까지 나를 만나러 찾아왔다! 정말이다! 현관 앞에 서서 내가 취한 행동에 감탄하고 있다고 말했다. 집이 너무 지저분해서 들어오지 못하게 한 것이 조금은 섭섭하다.

월요일에는 학교 안을 돌면서 탄원서를 돌릴 거라고 한다. 판도라는 나를 개인의 권리를 찾기 위해 싸우는 자유의 투사라고 칭찬하며 내일 아침에 자기 집으로 오라고 했다. 위원회를 구성할 예정인데 나에게 주요 연사가 되어 달라는 것이다! 빨간 양말을 보여 달라고 했지만 빨래 통에 있어서 보여주지 못했다.

도린 슬레이터와 맥스웰은 오늘 자기들 집으로 갔다. 왜냐하면 밤에 할머니가 오시기로 되어 있었기 때문이다. 그 전에 그들이 있었던 흔적을 없애버려야 한다.

6월 7일 일요일

할머니가 아버지 침대에서 맥스웰의 고무 젖꼭지를 발견하셨다. 난 그때 거짓말로 둘러댔다. 괴로운 순간이었다. 난 거짓말을 잘하지 못하기 때문에 얼굴이 새빨개졌고 슈퍼맨의 눈을 가진 할머니는 내 얼굴만 보고도 모든 것을 짐작했던 것이다. 할머니의 관심을 돌리기 위해 빨간 양말 소동에 대해 이야기했더니 법은 지키기 위해 있는 것이라며 입을 다무신다.

판도라와 위원회 위원들은 판도라네 집 커다란 거실에서 나를 기다리고 있었다. 의장은 판도라이고 비서는 니겔, 총무는 판도라의 친구 클레어 닐슨이었다. 크레이그 토마스와 그 동생 브레트는 평의원이었다. 나는 희생자이기 때문에 감투를 쓸 수 없다고 한다.

판도라의 부모님은 나무로 된 부엌에서 《선데이 타임즈》지에 난 빈칸 채우기 퀴즈를 열심히 풀고 계셨다. 그들은 사이좋은 부부같이 보였다.

판도라의 엄마 아버지가 커피와 건강 비스킷을 가지고 오자 판도라가 나를 그분들께 소개시켰다. 그분들은 나의 행동을 칭찬하셨다. 두 분 모두 노동당 소속이라면서 '톨푸들의 순교자'들에 대한 이야기를 해주셨다. 빨간 양말로 항거를 하기로 한 데에 무슨 특별한 이유가 있느냐는 질문을 받고 나는 또 거짓말을 했다. 그것은 혁명의 상징이기 때문이라고. 그 순간 내 얼굴은 혁명적으로 빨개졌다. 요즘은 본의 아니게 내 자신이 너무 거짓말쟁이가 되어가고 있는 것 같다.

판도라의 엄마는 자기를 타니아라고 부르라신다. 그건 러시아 이름인데? 판도라의 아버지는 이반이라 부르라고 했다. 참 좋은 분 같다. 내게 『누더기 양복의 박애주의자』라는 책을 빌려주셨다. 아직은 읽어보지 못했지만 난 우표 수집에도 관심이 있으니까 오늘밤에 읽어봐야겠다(박애주의자 philanthropist를 우표수집가라는 뜻의 philatelist와 혼동한 것이다).

빨간 양말을 빨았다. 아침까지 마르라고 라지에터 위에 올려놓았다.

6월 8일 월요일

아침에 일어나자마자 속옷보다 먼저 빨간 양말부터 신었다. 아버지가 문 앞까지 나와서 행운을 빌어 주었다. 영웅이 된 기분이었다. 길모퉁이에서 판도라와 나머지 회원들을 만났는데 모두 빨간 양말을 신고 있었다. 판도라의 양말은 긴 양말이었다. 그 앤 정말 간도 크다! 학교까지 가는 길에 〈우린 흔들리지 않으리〉를 합창했다. 교문을 지날 때는 조금 무서웠으나 판도라는 큰소리로 우리의 용기를 북돋아 주었다.

이미 정보를 입수한 딱부리 눈 스크루톤은 4학년 탈의실에서 우릴 기다리고 있었다. 팔짱을 끼고 튀어나온 계란 눈으로 말없이 우릴 내려다보더니 올라오라고 눈짓을 했다. 빨간 양말 대원들은 우르르 위층으로 올라갔다. 내 가슴은 커다란 소리로 쿵쿵거렸다. 딱부리 눈은 조용히 책상에 앉아 볼펜으로 자기 이빨을 두드렸다. 우린 그저 가만히 서 있을 뿐이었다.

그는 야릇한 미소를 띄우더니 책상 위의 벨로 비서를 불렀다. 비서가 들어왔다. "앉아서 받아써요, 클라리코츠 부인." 우리 부모들에게 보내는 가정 통신문이었다.

존경하는 ○○○의 부모님께

귀댁의 자녀가 고의적으로 학교의 규율을 무시하고 있음을 알려드리오며, 매우 유감스럽게 생각하는 바입니다. 본인은 이번 사태를 매우 심각하게 생각합니다. 따라서 이 학생에게 일주일 간의 정학 처분을 내립니다. 요즘 젊은이들에게는 가정에서의 도덕 교육이 충분하지 못하므로 학교에서나마 엄격한 태도를 취하지 않을 수 없는 것을 이해해주시기 바랍니다. 이 문제에 관해 상담을 원하신다면 서슴치 마시고 비서에게 연락하여 주십시오.

교장 R.G. 스크루톤

판도라가 무슨 말을 하려고 하자 스크루톤은 닥치라고 크게 소리를 질렀다! 클라리코츠 부인이 벌떡 일어났을 정도였다. 스크루톤은 편지를 타자로 쳐서 복사하고 서명을 한 뒤 "학교에서 썩 나가라"고 하였다. 우린 그의 방 밖에 서서 기다려야 했다. 판도라는 울고 있었다. 화가 나고 절망스럽기 때문에……. 난 슬며시 판도라의 어깨에 팔을 둘렀다. 클라리코츠 부인이 편지를 나누어주며 친절하게 웃어준다. 그런 폭군 밑에서 일하기도 쉽지는 않을 것이다.

우리 일행은 판도라의 집으로 몰려갔으나 문이 잠겨 있어서 우리 집으로 모두 가기로 했다. 개털만 빼고는 그래도 집은 깨끗한 편이었다. 아버지는 학교에서 나누어준 편지를 보고 무척 화를 내셨다. 아버지는 보수당원이 되겠다고 늘 말씀하셨지만 그 순간은 조금도 보수적이지 못했다.

금요일 날 검은 양말을 신고 갈 걸 그랬구나, 하는 생각이 든다.

6월 9일 화요일 상현달

아버지가 교장 선생님을 만나고 오셨다. 무슨 양말을 신든지 다시 학교에 다니도록 허락하지 않으면 국회의원에게 따지겠다고 하셨단다. 스크루톤 선생은 우리 지역 국회의원이 누군지 아느냐고 물었는데, 아버지는 그 말에 대답을 못하셨단다.

6월 10일 수요일

판도라와 나는 사랑하는 사이다! 이건 이미 공식적인 사실이다! 판도라가 클레어 닐슨에게 그렇게 말했고, 클레어가 니겔에게, 니겔이 내게 말해 주었다.

니겔에게 나도 판도라를 사랑한다고 클레어를 통해 판도라에게 전해달라고 했다. 너무 기쁘고 황홀해서 달나라까지 올라간 기분이다. 판도라가 벤슨 앤 해지 담배를 하루 다섯 개비씩 피우고 자기 라이터까지 갖고 있다는 사실도 이젠 모른 체할 수 있다. 사랑을 하게 되면 그런 일은 문제가 되지 않는 법이니까.

6월 11일 목요일

사랑하는 사람과 하루 종일 같이 있었다. 너무 황홀하고 손이 떨려서 많이 쓸 수가 없다.

6월 12일 금요일

버트의 집으로 빨리 가보라는 전화가 학교에서 걸려왔다. 판도라와 함께 가보니(우리는 이제 떨어질 수 없는 사이이다) 버트는 병이 들어 앓아 누워 있었다. 아주 형편없는 모습이었다. 판도라가 침대 시트를 새 것으로 가는 동안(그 앤 냄새가 싫지도 않은 모양이다) 나는 병원에 전화를 해서 증세를 이야기해 주었다. 숨소리가 이상하고 얼굴이 새하

얕고 땀을 흘린다고.

침실을 청소하려고 했더니 버트는 계속 말도 안 되는 이상한 말만 중얼거리고 있었다. 판도라는 버트가 헛소리를 한다고 했다. 그 애는 의사가 올 때까지 버트의 손을 꼭 잡아주었다. 닥터 파텔은 친절한 분이었다. 버트에게는 지금 산소가 필요하다고 했다. 의사가 시키는 대로 앰뷸런스를 불렀지만 기다리는 시간이 마치 몇 년은 된 것 같았다. 요즘 내가 버트에게 너무 신경을 쓰지 않았다는 것 때문에 내 자신이 비열한 생쥐같이 느껴졌다. 앰뷸런스가 와서 버트는 들것에 실려 아래층으로 내려갔다. 들것이 계단 코너를 들이받아 빈 사탕무 항아리들이 떨어졌다. 판도라와 나는 내려오는 길에 쌓인 쓰레기들을 치우면서 들것을 인도했다. 밖으로 나가기 전에 그들은 버트에게 커다란 빨간색 담요를 덮어 주었다. 버트를 실은 앰뷸런스 문이 쾅 닫히자 앰뷸런스는 사이렌 소리를 내며 멀어졌다. 난 목이 답답하고 눈물이 고이는 것을 느꼈다. 아마 먼지 때문에 그랬을 것이다.

버트의 집은 청소를 하지 않아서 먼지가 아주 많다.

6월 13일 토요일

버트는 중환자실에 있어서 면회도 허용되지 않았다. 그가 어떤 상태인지 궁금해서 네 시간마다 전화를 했다. 친척이라고 말하니까 간호원은 '요 안정 상태'라고만 대답한다.

세이버는 우리 집에 와 있다. 우리 개가 알사스 종 개를 너무 무서워

하는 바람에 할머니 댁으로 보냈다.

버트가 죽지 않았으면 좋겠다. 그를 좋아하기 때문이기도 하고, 장례식에 입고 갈 옷이 없기 때문이기도 하다.

나는 P를 미칠 듯이 사랑한다.

6월 14일 일요일

버트에게 갔었다. 온몸에 튜브가 끼워져 있었다. 좀 회복되면 주려고 사탕무 항아리를 가져갔더니 간호원이 그의 장 안에 넣어 주었다. 문안 카드를 모두 넉 장 가지고 갔다. 하나는 판도라와 내 것, 또 하나는 할머니가, 하나는 아버지가, 그리고 나머지 하나는 세이버가 보내는 것이다.

버트가 자고 있어서 금방 나왔다.

6월 15일 월요일

빨간 양말 위원회는 회의를 통해 당분간 스크루톤에게 복종하기로 결정했다. 그래서 빨간 양말을 신고 그 위에 검은 양말을 신었다. 구두가 꼭 끼었지만 이미 결정된 원칙이니까 어쩔 수 없다.

버트의 몸은 많이 좋아졌다. 이젠 깨어 있는 시간이 길어졌다. 내일 만나러 가야겠다.

6월 16일 화요일

버트는 이제 몸 속에서 통하는 튜브 6개만을 달고 있다. 내가 병실에 들어갔을 때, 깨어 있었지만 마스크와 가운 때문에 알아보지를 못했다. 아마 내가 의사인 줄 알았나보다. "이 제기랄 놈의 소변줄 좀 빼주시오. 내 몸은 지하철이 아니오!" 그러나 나라는 것을 알고는 세이버는 잘 있느냐고 물었다. 세이버의 행동 문제에 대해서 심각하게 이야기하고 있는데 간호원이 병실에 들어와서 그만 돌아가라고 했다. 버트는 자기가 죽게 되었다고 딸에게 전화해 달라면서 반 크라운을 주었다. 버트의 딸 둘은 오스트레일리아에 살고 있다. 딸의 집 전화번호는 옛날 군대시절 급료 지불 장부 뒤에 써 두었다고 한다.

아버지는 반 크라운이라면 대강 12.5펜스 정도라고 하신다. 난 지금 반 크라운을 보관하고 있다. 아주 감촉이 좋은 걸 보면 앞으로 수집가들의 인기를 끌 것이 분명하다.

6월 17일 수요일 **보름달**

버트의 군대시절 급료 지불 장부를 찾기 위해 판도라와 함께 버트의 집을 구석구석 뒤졌다. 판도라가 그림엽서 한 뭉치를 발견했는데 모두 음란한 사진들뿐이었다. 프랑스 말로 '사랑을 바칩니다, 롤라'라는 서명이 있었다. 그걸 보고 나니까 우리 둘은 이상한 기분이 되었다. 그리고 처음으로 정열적인 키스를 나누었다. 난 프랑스식 키스를 하고 싶었지만 어떻게 하는지 몰라서 그냥 영국식으로 했다.

아무리 찾아보아도 급료 지불 장부는 보이지 않았다.

6월 18일 목요일

버트는 튜브를 모두 뺐다. 내일 일반 병실로 옮긴다고 한다. 급료 지불 장부를 못 찾은 것도 이제 괜찮단다. 자기가 죽지 않는다는 것을 알았으니까.

밤엔 판도라와 같이 병원에 갔다. 판도라는 버트와 잘 사귀었다. 둘은 블로썸에 대해 이야기했다. 버트는 조랑말 손질법을 간단히 말해주었다. 판도라가 사온 꽃을 손질하러 밖에 잠깐 나갔다. 그러는 사이 버트가 나에게 "아직 건드리지 않았냐"고 물었다. 때로는 그가 병 문안 올 가치도 없는 추한 늙은이 같다.

6월 19일 금요일

버트는 다리가 부러진 사람이나 가슴에 붕대를 감은 환자들이 입원해 있는 커다란 방으로 옮겨졌다. 잃어버린 의치를 찾아 끼웠더니 훨씬 기운차 보였다. 판도라가 입원실에 들어가면 짓궂은 환자들이 휘파람을 분다. 난 왜 판도라보다 키가 작을까? 버트가 병원 침대보에 사탕무 즙을 흘려서 병실 간호원과 약간의 말다툼을 했다. 버트는 묽은 음식만을 먹어야 한다는 것이다.

6월 20일 토요일

버트가 빨리 퇴원했으면 좋겠다. 아버지는 세이버에게 지쳤고 할머니는 우리 개 때문에 빨리 죽을 것 같다고 불평을 하신다.

담당의사가 담배를 끊으라고 했는데도 버트는 89살까지 살았는데 뭐가 아쉽겠냐며 막무가내다. 내게 우드바인 담배 20갑과 성냥을 사달라고 한다. 어떻게 하면 좋을까?

6월 21일 일요일 **아버지날**

우드바인 걱정 때문에 잠도 편히 못 잤다. 이리저리 머리를 굴리다가 결국 버트의 말을 무시하기로 결정했다. 그런데 병원에 갔더니 버트는 병원 매점에서 궐련을 사서 피우고 있었다! 내 물건을 재어 보았다. 1센티미터는 자란 것 같다. 곧 네가 필요할 때가 올 거다.

6월 22일 월요일

아침에 눈을 뜨니 목이 몹시 아프다. 침을 삼킬 수가 없었다. 아래층으로 소리를 지른다는 게 꺽꺽 소리만 난다. 아버지에게 신호를 보내려고 구두로 침실 바닥을 두들겼더니 아버지는 시끄럽다고 소리를 지른다. 편지를 써서 개 목걸이에 끼워 개를 내려보냈다. 눈이 빠지게 기다려도 소식은 없고 길에서 개짓는 소리만 요란하게 들려왔다. 편지가 전달되지 않았던 것이다! 답답해서 울어버릴 지경이었다. 화장실은 가고 싶은데 너무나 어지러워서 일어날 수도 없었다. 계단 위에서 또 소리를 질렀지만 얼마 코간의 레코드를 감상하고 있는 아버지 귀에 들릴리 없을 것이다. 하는 수 없이 아래층까지 내려와서 아프다고 말했다. 아버지는 내 목을 들여다보았다. "이게 뭐냐, 아드리안. 편도선이 꼭 폴라리스 미사일만하구나! 아래층에는 뭐하러 내려왔어? 어서 올라가서 누워 있어라, 이 바보야!"

아버지가 재어 보니 열이 40도였다. 이러다 아마 죽을지도 모른다.

지금이 12시 5분 전인데 의사는 아침이 되어야 온다고 한다. 그때까시 살아 있어야 할 텐데……. 기도해야겠다. 그러나 만약 불행한 일이 일어나면 내 물건 중 값이 나가는 것을 모두 느티나무 거리 69번지의 판도라 브레미드웨이트에게 전해 주기를 바란다. 지금 내 정신은 정상이라고 생각한다. 열이 40도라면 꼭 그렇다고는 할 수 없겠지만 말이다.

6월 23일 화요일

편도선염이다. 진찰을 했으니 확실할 것이다. 항생제를 맞고 있다. 판도라가 옆에 앉아서 책을 읽어주는데 그만 멈추었으면 좋겠다. 한마디 한마디가 돌멩이처럼 내 머리를 때린다.

6월 24일 수요일

엄마가 병 문안 카드를 보냈다. 5파운드와 함께. 루코제이드(사이다의 일종)를 다섯 병 사달라고 아버지에게 드렸다.

6월 25일 목요일 **하현달**

황태자비 다이아나 스펜서의 꿈을 꾸었다. 결혼식이 가까워지는데 빨리 몸이 나았으면 좋겠다. 열은 아직도 40도이다.

아버지가 도저히 세이버와 살 수 없다고 해서 판도라가 데리고 갔다 (아버지가 아니고 세이버를).

6월 26일 금요일

의사가 우리 체온계가 틀렸다고 한다. 이제 조금 나아진 것 같다.

오늘은 20분마다 일어났다. 《플레이 스쿨》지를 보았다. 내가 제일 좋아하는 캐럴 리더이 차례이다.

판도라가 빨리 회복하라고 카드를 보내왔다. 펠트펜으로 직접 그리고 'Forever yours, Pan(영원한 너의 것, 판)' 이라고 썼다.

판도라에게 키스하고 싶은데 아직도 입술이 갈라져 있다.

6월 27일 토요일

왜 엄마가 날 보러 오지 않을까?

6월 28일 일요일

엄마가 지금 막 세필드로 기차를 타고 돌아가셨다. 맥이 쭉 빠진다.

병이 다시 재발하는 것 같다.

6월 29일 월요일

판도라가 버트의 병원에 다녀왔다. 그런데 판도라의 말에 의하면 버트는 침대에 잘 누워 있지 않고 의사가 시키는 대로 하지도 않아서 간호원들이 아주 애를 먹고 있다고 한다. 목요일이면 퇴원인데, 그 새를 못 참아서 안달이시다.

난 조용하고 평화로운 입원실에 누워 있고 싶다. 내가 만약 병실에서 생활했더라면 모범적인 환자가 될 텐데.

판도라의 아버지는 세이버를 개 훈련소에 넣으셨다. 하루에 3파운드가 들지만 그만큼은 충분히 낼 만하다고 하신다.

6월 30일 화요일

병이 회복기에 들어섰다. 예전의 기운을 되찾으려면 모든 일을 편하게 생각해야 할 것 같다.

7월 ● July

7월 1일 수요일

오후에 무단 결석자 조사원이 찾아왔다. 그때 마침 나는 정원의자에 앉아 있었는데 아무리 아파서 학교에 나가지 못했다고 말해도 믿어주지를 않는다! 학교에 보고하겠다는 것이다! 그러나 파자마에 가운을 걸쳐 입고 슬리퍼를 신은 채 루코제이드 소다수를 마시고 있는 것을 보고는 놀란 모양이다. 내 편도선을 보라고 입을 벌렸지만 그는 도리어 뒷걸음질을 치다가 개의 발만 밟았다. 우리 개는 참을성이 없는데는 유명해서 요란하게 화를 냈다. 아버지가 나오셔서 둘을 떼어놓았지만 우리에게는 또 귀찮은 일일 뿐이다.

7월 2일 목요일

의사는 기분이 괜찮으면 내일부터 학교에 가도 된다고 했다. 하지만 난 학교에 가기 위해 기분이 괜찮아질 생각은 없다.

7월 3일 금요일

루카스 씨가 살던 집에 피부가 검은 사람들이 이사온다! 난 정원 의자에 앉아서 그 집 이삿짐 나르는 모습을 구경했다. 흑인 여자들이 커다란 음식단지를 자꾸 나르는 것을 보면 식구가 많은 모양이다. 아버지는 우리 동네도 볼장 다 봤다고 하신다. 판도라는 반 나치 동맹에 들었다. 판도라는 우리 아버지가 인종 차별주의자가 될 가능성이 많다고 한다.

『엉클 톰스 캐빈』을 읽고 있다.

7월 4일 토요일 **미국의 독립 기념일**

피부가 검은 사람들이 승용차나 트럭 또는 미니 버스로 드나드는 바람에 우리 동네가 갑자기 바빠졌다. 그들은 여럿이 한꺼번에 옛날 루카스 씨의 집에 들어갔다가는 몰려서 나온다. 아버지는 그들이 아마 방 한 칸에 세 명씩 사는 모양이라고 하셨다.

판도라와 나는 그들에게 인사를 가기로 했다. 모든 백인이 인종 차별의 광신자는 아니라는 것을 보여주고 싶다.

버트는 아직도 병원에 입원해 있다.

7월 5일 일요일

나는 오후 6시까지 침대에 누워 있었다. 일어날 필요를 느끼지 않았기 때문이다. 판도라는 경기장에 갔다.

7월 6일 월요일

왕실 결혼식 때의 시가 행진을 올리어리 부인이 주동이 되어 조직한다고 한다. 하지만 지금까지 지원한 사람은 싱 씨 가족뿐이다.

7월 7일 화요일

오늘 버트가 병원에서 도망쳤다. 시청의 시민자유 보호단체에 전화했더니 서명하고 나오면 된다고 해서 그렇게 했다는 것이다. 지금 버트는 우리 집에서 잠을 자고 있다. 아버지만 또 곤란하게 되었다.

시가 행진에 판도라와 버트 그리고 나도 지원했다. 버트는 우드바인 담배를 마음껏 피울 수 있게 되었더니 아주 건강해 보인다.

판도라의 아버지가 버트와 세이버 일을 아버지와 의논하러 우리 집에 왔다. 그런데 둘은 결국 취해서 정치에 대해 떠들기만 했다. 버트가 시끄럽다고 바닥을 쾅쾅 두드렸다.

7월 8일 수요일

아버지는 버트의 코고는 소리 때문에 미치겠다고 짜증을 내시지만 나는 상관없다. 귀마개를 했으니까.

학교에 갔었다. 가사실습, 미술, 목공 그리고 영어의 중등학력고사만을 신청했다 중학교육이수증(CSE)을 따기 위해서는 지리, 수학, 역사도 들어야 한다.

판도라는 중등학력고사에 아홉 과목을 신청했지만 나보다는 유리한 편이다. 세 살 때부터 도서회원이었으니까.

7월 9일 목요일

내일까지 다니면 8주간 방학이다. 판도라는 곧 튀니지로 떠날 것이다. 사랑하는 사람을 떠나보내 놓고 어떻게 지내야 할지 막막하다. 프랑스식 키스를 해보았으나 둘 다 기분이 별로 좋지 않은 것 같아서 다시 영국식으로 했다.

피부는 아주 깨끗하다. 사랑과 루코제이드 소다수가 조화를 잘 이루었기 때문일 것이다.

7월 10일 금요일

오늘은 학교 전체가 마술에 걸렸다. 선생님들이 모두 싱글벙글이었는데 그것은 딱부리 눈 교장선생님이 웃었기 때문이라는 소문이 돌았다. 하지만 나는 믿지 않는다.

베리 켄트가 깃대에 올라가서 자기 엄마의 속바지를 걸어 놓았다. 판도라는 그것이 몇 년 만에 처음 바람을 쐬는 게 분명하다고 말했다.

숀 올리어리는 오늘로 17살이 된다. 그의 생일 파티에 초대를 받았다. 바로 길 건너이니까 멀리 갈 필요는 없다.

이따가 쓰면 일기장에 너무 쓸 것이 많을까봐 미리 일기를 쓴다. 사람들은 올리어리네 문지방만 넘어서도 술에 취한다.

7월 11일 토요일

처음으로 술에 취했다. 14살 5개월 9일째. 판도라가 잠자리를 봐주었다. 판도라는 소방수가 하듯이 나를 옆에서 부축이며 계단으로 끌어올렸다.

7월 12일 일요일

아버지와 나와 판도라, 그리고 버트는 아침에 아버지의 차로 웨그테일 개 훈련소에 갔다. 훈련소 소장인 케인 부인이 세이버를 더 이상 데리고 있을 수 없다고 했기 때문이다. 버트와 세이버의 재회 장면은 감격적이었다. 그러나 케인 부인은 이상한 여자였다. 아버지가 세이버의 숙식비를 내지 못한다고 하자 뿔처럼 생긴 긴 손톱으로 자기 시커먼 코털을 만지작거리면서 마구 욕을 하는 것이었다.

버트는 세이버와 다시는 헤어지지 않을 거라고 하면서 울먹였다. 세이버는 그의 하나뿐인 친구라는 것이다! 내가 그렇게 잘 돌봐 주었는데 나는 어디로 가고!! 나 아니었으면 그는 벌써 시체가 되었고, 세이버는 애완동물 협회에 끌려갔을 것이 분명한데도……

7월 13일 월요일

버트와 싱 부인이 다투는 것을 보았는데 버트는 힌두어가 아주 능숙하였다! 싱 부인이 목욕탕에서 음란잡지를 발견한 것이다. 그 루카스 자식이 물려주고 갔겠지!

싱 씨는 굉장히 화가 나서 부동산 중개인에게 그의 집이 불결해졌다는 편지를 썼다.

버트는 내게 잡지 한 권을 보여주었다. 내가 보기에는 별로 음란한 것 같지 않았다. 난 세상 경험이 많으니까. 그 책을 《빅 앤 바운시》와 함께 침대 밑에 넣어두었다. 제목이 『아마추어 사진사』이다.

7월 14일 화요일

사회복지과에서 케이티 벨이란 여자가 버트를 찾아왔는데 너무 바보 같은 소리를 하고 갔다. 버트더러 앨더만 쿠퍼 양로원이란 곳으로 가서 살라는 것이다. 버트는 가기 싫다고 했지만, 그 여자도 보통이 아니었다. 아버지도 버트가 안됐다고 하시면서도 우리 집에서 같이 살자고 할 정도로 걱정이 되는 것은 아닌 모양이다.

가엾은 버트, 그는 어떻게 될까?

7월 15일 수요일

버트는 싱 씨네와 같이 살기로 했다. 싱 씨가 세이버의 집까지 들고 가는 것을 보면 확실한 모양이다. 버트는 굉장히 좋아했다. 그가 제일 좋아하는 음식은 카레이다.

판도라가 가슴을 만져도 좋다고 했다. 아무한테도 말하지 않겠다고 약속은 했지만 그게 뭐 말할 거리나 되나? 하도 옷을 많이 입어서 가슴이 어디부터 시작되는지 알 수가 없었다. 드레스, 스웨터, 재킷 등….

A.P.G. 헤이그 박사가 쓴 『섹스, 그 현상들』이라는 책을 읽고 있다.

7월 16일 목요일

오전 11시. 아버지가 지금 실업 수당을 받았다. 아래 위층을 카우보이처럼 소리를 지르며 뛰어다니시더니 도린 슬레이터에게 데이트를 청하신다. 맥스웰은 누구에게 맡길 것 같으니? 그래, 일기장아, 네 짐작대로야! 바로 나!

오후 11시. 맥스웰이 이제 막 잠들었다. 판도라가 9시 30분에 전화를 했는데 맥스웰이 어찌나 크게 소리를 지르는지 전화 소리가 들리지 않을 정도였다. 판도라가 뜨거운 우유에 보드카를 조금 섞어서 억지로라도 먹이라고 하기에 그대로 했더니 아주 효과가 좋았다.

아이는 금방 새근새근 잠이 들었다

아이의 잠이 든 모습을 보니 그렇게 미운 것 같지도 않다.

7월 17일 금요일 **보름달**

내 소중한 사랑이 내일 이곳을 떠나게 된다. 공항까지 배웅을 나가기로 하였다. 판도라가 타는 비행기가 낡아서 삐걱거리는 것이 아니어야 할 텐데. 지도를 펴고 튀니지의 위치를 살펴보았다. 판도라가 버뮤다 삼각지를 지나지 않으니 다행이다.

만약 내 사랑에게 무슨 일이 생기면 난 영원히 웃음을 잃을 것이다.

판도라에게 비행기에서 심심할 때 읽으라고 책을 한 권 선물했다. 『대추락』이라는 책이다. 윌리암 골든슈타인이 쓴 것인데 만약의 사태에 대비해서 그런 책을 읽어두면 도움이 될 것이다.

7월 18일 토요일

판도라는 공항 가는 길에 벌써 『대추락』을 읽기 시작했다. 비행기 이륙 방송이 들리자 판도라가 약간 신경질적인 반응을 보였기 때문에 그 애 아버지가 부축해서 계단을 올라가야 했다. 난 비행기가 구름 사이로 가려질 때까지 손을 흔들었다. 그리고 한참 동안 공원의자에 앉아 있다가 집으로 돌아왔다. 앞으로 2주일을 어떻게 기다리나……. 잘 자요, 튀니지의 내 사랑.

7월 19일 일요일

침대에 누워 튀니지 지도만 하루 종일 바라보고 있었다.

7월 20일 월요일

내 사랑으로부턴 아직 엽서 한 장도 없다.

7월 21일 화요일

아침에 버트가 왔었다. 그런데 튀니지엔 위험한 일이 아주 많다고 한다.

7월 22일 수요일

왜 아직 엽서가 없을까? 무슨 일이 생긴 걸까?

7월 23일 목요일

우체부에게 튀니지와 영국의 통신에 대해 물어보았다. 그는 '아주 악마 같다' 고 한다. 튀니지의 배달부들이 낙타를 타고 다닌다는 뜻이다.

7월 24일 금요일 **하현달**

싱 씨를 만나러 갔다. 그는 튀니지가 아주 비위생적인 곳이라고 했다. 나만 빼고 모든 사람이 튀니지를 잘 알고 있는 것 같다!

7월 25일 토요일

판도라! 판도라! 판도라!

오! 내 사랑, 내 가슴이 끓어오르고

입술은 갈라지고

영혼이 불타고 있어

너는 튀니지에, 나는 이곳에.

항상 나를 잊지 말고 눈물을 흘려다오.

검게 그을려 건강한 몸으로 돌아와다오.

아버지가 부자인 너는 행복한 사람.

이제 엿새 후면 그녀가 돌아온다.

7월 26일 일요일

차를 마시고 싶어서 할머니 댁으로 갔다. 판도라가 튀니지에 가 있기 때문에 내 신세가 처량하고 슬퍼진다. 할머니는 내게 변비에 걸렸냐고 하신다. 대충 대답해 버렸다. 사랑이라는 단어조차 음란하다고 생각하는 일흔 여섯 살 노인에게 사랑의 아픔을 설명해서 무엇하랴.

7월 27일 월요일

낙타 그림엽서!

그리운 사람,
이곳의 경제 사정은 아주 좋지 않은가봐.
네 선물을 사려던 돈을 거지에게 다 주었어.
넌 마음이 넓으니까 이해해 줄 거야.
내 사랑은 휴식이 없어.
　　　　　　　　　　　　　　　 ― 판도라

선물 살 돈을 더럽고 게으른 거지에게 주어 버리다니, 잘도 생각했구나! 멋있다! 우체부는 마음에 들지 않지만.

7월 28일 화요일

내게 연필을 잡을 만한 힘이 남아 있다는 것이 신기하다! 종일 찰스 황태자 결혼식을 위한 가장행렬 준비에 정신이 없었다. 올리어리 부인이 와서 휘장 다는 것을 도와달라고 했을 때 나는 "충성심이 있는 백성이라면 당연히 해야 할 일이죠"라고 대답했다. 내가 사다리에 올라가 있으면 부인이 휘장을 내게 넘기는 식으로 달았다. 처음 4~5폭은 잘 달았는데 갑자기 아래를 한번 내려다보고 나니 현기증이 나서 올리어리 부인이 대신 사다리에 올라가야 했다. 별수없이 올리어리 부인의 속바지를 구경했다. 매일 교회에 가고, 일요일엔 두 번이나 교회에 가는 부인에게는 지나치게 섹시한 속옷이었다. 검은 레이스와 빨간 새틴 리본! 올리어리 부인이 케이틀린을 불러달라고 한 걸 보면 부인도 내가 자기 속바지를 보고 있다는 걸 알아차리신 모양이었다. 올리어리 씨와 교대를 하고 나니 속이 시원했다. 싱 부부는 침실 창문 앞에 커다란 유니온 잭을 걸었다. 버트는 자기가 군대 가 있는 동안 도둑맞은 그 국기라고 주장했다.

우리 집은 오히려 온 동네를 김빠지게 만들었다. 우리 아버지는 찰스와 다이아나가 그려진 차 수건을 앞문에 핀으로 꽂아 두었을 뿐이니까.

아버지와 함께 왕실의 결혼을 축하하는 불꽃놀이를 텔레비전으로 구경했다. 난 즐기려고 노력했지만 결과는 실패였다. 아버지는 모두가 쓸데없는 돈을 뿌리는 짓이라고 욕을 했다. 아버지는 아직도 실직 때문에 무슨 일이나 삐딱하게 생각하신다.

황태자는 구두 밑창에 달린 가격표를 떼고 신어야 할 텐데. 우리 아버지는 결혼식 때 가격표가 달린 구두를 신고 나가서 교회에 모인 손님들이 '9½ 불합격품. 10실링' 이라고 적힌 것을 다 보았단다.

7월 29일 수요일

왕실의 결혼식!!!

내가 영국에 태어난 것이 자랑스럽다!

외국인들은 품위와 전통을 모르는 돼지 같은 사람들이다!

그 장엄함에 대해서라면 우리 나라가 단연 세계 제일이다! 부자, 화려한 차림의 사람들, 유명 인사들이 마차나 롤스로이스를 타고 지나가는 모습을 보려고 새벽부터 나와 서 있는 런던 사람들을 보자 난 솔직히 눈물이 나왔다.

할머니와 버트 박스터도 우리 집으로 결혼식 구경을 왔다. 우리 집엔 24인치 컬러 텔레비전이 있기 때문이다. 처음에는 잘 보다가 갑자기 버트가 옛날 공산주의자 시절로 돌아가 왕족을 '게으름뱅이 부자', '기생충 같은 자들' 이라는 등의 욕을 하기 시작했기 때문에 할머니는 버트를 싱의 휴대용 컬러 텔레비전으로 몰아냈다.

찰스 황태자는 못생긴 귀에도 불구하고 아주 미남으로 보였다. 그의 동생에게는 따라갈 수 없지만. 흰 드레스를 입은 다이아나는 내 마음을 완전히 녹여 버렸다. 그녀는 통로에 서 있는 노인을 도와주기까지 했다. 오늘이 그녀의 결혼식이라는 것을 생각하면 아주 친절한 행동이었다. 유명한 사람들도 무척 많았다. 낸시 레이건, 스파이크 밀리건, 마크 필립스 등등. 여왕은 약간 질투를 느끼는 것 같았다. 사람들이 기분 전환을 위해서 이젠 여왕을 바라보지 않기 때문일 것이다.

황태자는 구두의 가격표를 떼고 나왔다. 한 가지 걱정은 사라진 셈이다.

황태자와 다이아나가 반지를 교환할 때 할머니가 울기 시작했다. 손수건을 안 가지고 오셨기 때문에 나는 화장실의 새 두루마리 휴지를 가지러 위층에 올라가야 했다. 내려와 보니 결혼 서약이 이미 끝나버려서 나는 역사적인 왕실의 결혼식을 놓친 셈이 되고 말았다!

음악이 들려주는 막간이 지겨워서 차를 한 잔 끓이고 돌아와 앉으니 뉴질랜드 여자가 노래를 하고 있었다. 어휴! 그 여자 목청 한번 대단하다!

할머니와 나는 행복한 한 쌍이 자랑스럽게 손을 흔들며 궁전까지 가는 모습을 보기 위해 다시 자리를 잡았다. 그때 누가 현관문을 요란하게 두드렸다. 우리가 모른 척했기 때문에 주무시던 아버지가 내려와 문을 열어주어야 했다. 버트와 싱 부부, 그리고 그 아이들이 도움을 청하고 있었다. 그 집 텔레비전이 망가진 것이다. 할머니는 기분이 나빠지셨다. 흑인, 갈색인종, 황인종, 아일랜드인, 유태인 그리고 외국인을 별로 좋아하지 않기 때문이었다.

아버지는 그들을 들여보내고 할머니를 차로 바래다 드렸다. 싱 가족과 버트는 힌두어로 떠들며 텔레비전 앞에 모여들었다.

싱 부인이 건네주는 옥수수 파이 같이 생긴 것을 먹었다가 물을 한 주전자나 들이켰다. 마치 입에 불이 난 것 같았다. 옥수수 파이가 아니었나 보다.

우린 행복한 한 쌍이 이상한 기차를 타고 빅토리아 역을 출발할 때까지 텔레비전을 보았다. 버트는 기차가 너무 깨끗하니까 이상하게 보이는 거라고 했다.

올리어리 부인이 찾아와서, 야외 파티를 하는데 우리 집의 낡은 의자를 빌려 줄 수 있느냐고 물었다. 아버지가 안 계셨기 때문에 내가 승낙하고 길에 내놓는 일도 도왔다. 깃발과 휘장들만 날리는 차 없는 거리는 참 이상했다.

올리어리 부인과 싱 부인이 거리를 깨끗이 쓸자 우린 식탁과 의자들을 길 한가운데에 놓았다. 일은 여자들이 다하고 남자들은 술을 마시며 결혼식에 대한 농담이나 지껄였다.

싱 씨가 거실 창문 앞에 스테레오 스피커를 놔두었기 때문에 우린 데 오픈너의 음악을 들으며 샌드위치, 잼파이, 소시지 롤, 소시지 꼬지 등을 늘어놓았다. 온 동네 사람들이 올리어리 부인이 나누어준 우스꽝스런 모자를 쓰고 식탁 둘레에 모여 앉았다.

차를 마시고 나서 싱 씨는 영국인이란 것이 얼마나 자랑스러운지 모른다는 연설을 하였고, 모두들 환호성을 지르며 '희망과 영광의 땅'을 노래했다. 그러나 가사를 끝까지 알고 있는 사람은 싱 씨뿐이었다. 그 때 아버지가 파티용 맥주 네 상자와 종이컵을 잔뜩 사 가지고 오셨다. 그 뒤로 점잖은 분위기는 사라져 버렸다.

올리어리 씨는 싱 부인에게 아일랜드 지그(춤의 일종)를 가르친다고 야단이었지만 그녀의 사리 (한 장의 긴 실크로 둘러서 입는 인도 여인의 전통 복장)에 엉켜 쩔쩔매기만 했다. 내가 아바의 음악으로 볼륨을 높이자 40이 넘은 사람들이 춤을 추기 시작했다. 가로등이 켜지자 숀 올리어리는 가로등에 기어올라가 빨강, 흰색, 파랑의 셀로판지를 붙여 분위기를 도왔고 난 집에 남은 양초를 모두 가져다가 식탁 위에 늘어놓았다. 우리 마을이 온통 보헤미안 같았다.

버트는 전쟁 때 이야기를 지어서 했고, 아버지는 농담을 했다. 파티는 새벽 1시까지 계속되었다!

보통 때 같으면 밤 11시 이후에 소리를 질렀다 하면 어김없이 진정서가 날아오는데!

난 춤을 추지 않았다. 구경만으로도 즐거워하는, 냉소적인 구경꾼이었다. 게다가 발이 몹시 아팠던 것이다.

7월 30일 목요일
왕실의 결혼식이 텔레비전으로 일곱 번이나 재방송되었다.

7월 31일 금요일 초승달

이젠 황태자의 결혼도 지겹다.

판도라! 거지의 수호신이 내일 돌아오신다.

8월 ● August

8월 1일 토요일

세필드에 있는 엄마에게서 엽서가 왔다. 휴일은 그쪽에 와서 지내라는 것이다. 두 분은 스코틀랜드로 여행을 갈 예정이라고 한다. 즐겁게 놀다 오시기를 빈다.

판도라의 출발이 튀니지의 수화물 취급자들의 파업으로 연기되었다.

8월 2일 일요일

수화물 취급자들은 아직도 파업을 풀지 않았고 판도라의 아버지는 거지에게 아메리칸 익스프레스 카드(신용카드)를 도둑맞았다고 한다!

판도라는 그의 엄마가 낙타에 걸어 채였기 때문에 튀니지 공항 여자화장실에 누워 있다고 했다. 판도라의 목소리를 전화로 듣는 것은 정말 감격적이었다. 이쪽에서 요금을 물 거라고 하고 전화를 했다니 얼마나 똑똑하고 현명한 여자인가!

8월 3일 월요일

튀니지의 수화물 취급자들이 당국의 중재에 동의했다. 판도라는 잘하면 목요일까지는 집에 돌아올 수도 있을 것이라고 한다.

8월 4일 화요일

튀니지의 수화물 취급자들도 길고 어두운 터널을 지나면 햇빛을 볼 수 있을 것이다.

판도라는 대추야자와 박하를 먹으며 견디고 있다.

8월 5일 수요일

튀니지의 수화물 취급자들이 수화물을 취급하기 시작했다. 판도라는 금요일 밤이면 집에 돌아온다!

8월 6일 목요일

아버지가 튀니지에서 온 국제 전화요금을 지불할 수 없다고 거절했다. 이제 우리의 통신 수단은 끊어졌다.

8월 7일 금요일 **초승달**

아버지가 목욕하는 동안 튀니지에 있는 판도라에게 전화를 걸었다. 아버지는 눈치를 챘는지 목욕탕에서 누구에게 전화를 거느냐고 소리를 질렀다. 시간을 알려주는 곳에 전화했다고 말했다.

판도라의 비행기는 무사히 출발했다. 자정쯤에 돌아올 것이다.

8월 8일 토요일

오전 7시. 판도라가 세인트 판크라스 역에서 전화를 했다. 폴리트웍의 트랙 전자동화 작업 때문에 또 지체되었다고 한다.

난 옷을 입고 서둘러서 역으로 가 플랫홈 입장권을 샀다. 2번 플랫홈에서 추위에 떨면서 외롭게 6시간이나 기다렸다. 그냥 집으로 돌아왔더니 판도라가 쪽지를 두고 갔다.

아드리안

내 도착에 대해서 네가 이렇게 냉정하다니 가슴이 찢어지는 것 같구나. 난 3번 플랫홈에서 멋진 재회를 하게 될 줄 알았어. 그런데 그게 아니었구나.

안녕.

판도라

나는 편지를 읽자마자 정신없이 판도라의 집으로 달려가서 그 동안의 경위를 설명했다. 그리고 난 후에야 우리는 연장 창고 뒤에서 멋진 재회를 할 수 있었다.

8월 9일 일요일

또 판도라의 젖가슴을 만졌다. 이번에는 부드러운 것이 손에 잡히는 것 같았다. 내 물건은 아무 때나 커졌다 줄어들곤 한다. 이 속에 또 다른 생명이 있는 것인지. 내 마음대로 할 수가 없다.

8월 10일 월요일

아침에 판도라와 함께 수영장에 갔다. 흰 끈 비키니를 입은 판도라의 모습은 눈부실 정도로 아름다웠다. 판도라의 피부는 싱 부인과 같은 색깔이 되어 있었다. 내 물건이 또 어떤 조화를 부릴지 몰라서 판도라가 높은 다이빙 보드에서 뛰어내리는 모습을 가만히 앉아서 감상만했다. 집에 같이 와서 나의 검게 칠한 방을 보여 주었다. 향을 피운 후, 아바 레코드를 틀고 비타민 한 병을 아버지 방에서 몰래 가지고 올라왔다. 가벼운 애무를 했는데 판도라는 골이 아파서 집에 가겠다고 했다.

성적 흥분으로 야릇한 괴로움에 빠져 있는데 아버지가 장미 묘판에 비료를 주자고 부른다. 그 바람에 나의 야릇한 기분이 망가져 버렸다.

8월 11일 화요일

엄마에게서 또 엽서를 받았다.

에이디야,

넌 내가 얼마나 보고 싶어하는지 모를 거다. 엄마와 자식 사이의 정은 세상 그 무엇보다도 강한 거야. 너는 내가 빔보와 같이 사는 것이 두려운 모양이다만 에이디, 그럴 필요는 조금도 없다. 빔보는 나의 성적인 욕구를 채워주는 사람일 뿐 그 이상도 그 이하도 아니야. 그러니 에이디, 어른같이 생각하고 스코틀랜드에 같이 가자꾸나.

너를 사랑하는 엄마 폴린

추신 : 우린 15일에 떠난단다. 세필드 행 8시 22분발 기차를 타려무나.

우체부 아저씨는 나에게 엽서를 건네주면서 자기 마누라가 이런다면 한 대 때려 주겠다고 하면서 흥분했다. 그러나 그건 우리 엄마를 모르고 하는 소리이다. 누구든 엄마에게 손가락 하나라도 댄다면 엄마는 그를 늘씬하게 두들겨 줄 것이다.

8월 12일 수요일

판도라가 연습 삼아 이별을 해보는 것도 우리에게 도움이 되겠다고 한다. 요즘 우리는 가벼운 애무에서 중간 애무로 바꾸고 있는데 곧 농도 짙은 애무로 발전할 것 같은 느낌이 든다. 이런 긴장이 내 건강을 해치는 것은 분명하다. 요즈음은 힘이 빠지고 밤에 잠을 자도 판도라의 흰 비키니와 올리어리 부인의 속바지 꿈 때문에 자꾸만 잠에서 깬다.

아무래도 스코틀랜드에 가야 할 것만 같다.

8월 13일 목요일

아버지는 스케그니스에 가신다고 한다. 침대가 넷 있는 기차까지 예약했다고 하시면서 도린과 맥스웰을 데려간다고 한다! 나도 같이 갈 줄로 아는 모양이다!

내가 간다면 사람들은 아마 도린이 내 엄마고 맥스웰이 내 동생이라고 생각하겠지!

스코틀랜드에 가야겠다.

8월 14일 금요일

판도라와 나는 비극적인 이별을 했다. 우린 서로 진실하기로 맹세했다. 짐은 다 싸두었다. 개는 피디그리첨 열 네 깡통과 위나롯 한 꾸러미와 함께 할머니 댁에 맡겼다.

기차에서 심심하고 따분할 때 읽으려고 존 홀트의 『어린 시절로부터의 탈출』을 가져간다.

8월 15일 토요일 **보름달**

아버지, 막대기, 맥스웰 하우스가 역까지 나를 배웅해 주었다. 아버지는 내가 스케그니스가 아닌 스코틀랜드에 간다고 하는데도 조금도 섭섭해 하지 않는 것 같다. 오히려 아주 즐거워 보인다. 기차 여행은 끔찍했다. 세필드까지 계속 서서 갔기 때문이다. 휠체어를 타고 차장실에 앉아 있는 여자와 이야기를 나누었다. 그 여자는 장애자에게 단 한 가지 좋은 점이 있다면 그건 기차에서 항상 앉아 갈 수 있다는 것이라고 했다. 비록 차장실이긴 하지만 말이다.

세필드 역에는 엄마와 소름끼치는 루카스가 나와 있었다. 엄마는 눈에 띄게 말랐고 나이보다 어린애 같은 옷을 입고 있었다. 징그러운 루카스는 청바지를 입었다! 배가 벨트 밖으로 축 늘어질 정도로 뚱뚱하였다. 나는 스코틀랜드에 도착할 때까지 계속 자는 척했다.

징그러운 루카스는 운전을 하면서까지도 엄마를 주물러 터뜨리려고 한다.

우린 루브네이그 호수란 곳에 도착했다. 난 지금 통나무집에 누워 있다. 엄마와 루카스는 담배를 사러 마을에 다녀온다고 했지만 알게 뭐람.

8월 16일 일요일

통나무집 앞은 호수와 소나무 숲, 그리고 집 뒤로는 산이 있다. 할 일이 없다. 너무나 권태롭고 짜증이 난다.

8월 17일 월요일

통나무집 세탁소에 가서 세탁을 좀 했다. 미국인 관광객 중에 나와 동갑인 애가 있어서 서로 인사를 나누었다. 이름은 해미쉬 만시니라고 한다. 그 아이 엄마는 지금 네 번째 신혼여행을 온 것이라고 한다.

8월 18일 화요일

종일 비가 왔다.

8월 19일 수요일

엽서를 보냈다. 수신인 부담으로 판도라에게 전화를 했는데 그 애 아버지가 지불을 거절해서 통화를 하지 못했다.

8월 20일 목요일

해미쉬 만시니와 함께 카드놀이를 하면서 지냈다. 그 애 엄마와 의 붓아버지, 우리 엄마와 루카스, 이렇게 넷이서 차를 타고 폭포 아래까지 구경하러 간 것이다. 퍽이나 재미도 있겠다! 히히덕거리는 엄마가 얄밉다.

8월 21일 금요일

3킬로나 걸어서 마즈바를 사 먹으러 갔다. 전자오락을 좀 하고 돌아와서 차를 마셨다. 통나무집 공중전화에서 판도라에게 전화를 했다. 물론 수신인 부담이다. 판도라는 아직도 나를 사랑하고 있었다. 나도 판도라를 너무나 사랑한다.

그만 자야겠다.

8월 22일 토요일 **하현달**

로브 로이(스코틀랜드의 역사적인 인물)의 무덤을 구경하러 갔었다. 구경하고 돌아오니 피곤하다.

8월 23일 일요일

엄마는 볼 부부를 또 친구로 사귀었다. 네 사람이 함께 스털링 성에 갔다. 볼 부인에겐 작가가 된 딸이 있다고 한다. 어떻게 해서 작가가 되었느냐고 내가 물어보았더니 볼 부인은 딸이 어릴 때 높은 곳에서 떨어진 적이 있었는데 그때부터 '좀 이상한' 아이가 되었다는 것이다.

볼 부인의 생일이 오늘이어서 우리 집에서 파티가 벌어졌다. 난 새벽 1시에 일어나서 제발 조용히 해달라고 부탁했었지만 2시, 3시, 4시, 5시에도 그치지 않더니 조금 후에는 산에 올라가겠다는 것이다! 지금은 너무 취했고, 나이도 많고, 등산 전문가도 아니고, 등산화는 물론이고 나침반이나 지도, 비상 식량도 없으니 절대로 안 된다고 열심히 설득했다.

그러나 모두 소귀에 경읽기였다. 그들은 산에 올라갔다 내려와서 오전 11시 30분에 달걀과 베이컨 요리를 해 먹고 지금은 호수에서 카누를 타고 있다. 볼 부부는 분명히 마약을 먹었을 것이다.

8월 24일 월요일

에딘버러에 갔다. 성과 장난감 박물관, 미술관 등을 구경하고 삶은 해기스(스코틀랜드 전통의 주머니 같이 생긴 순대)를 사왔다. 통나무 집에 돌아와서 존 프레블이 쓴 『글렌코우』를 읽고 있다. 우린 내일 글렌코우로 간다.

8월 25일 화요일

글렌코우 대학살은 1692년 2월 13일에 일어났다. 2월 14일에 존 힐은 트위달의 백작에게 '글렌코우를 폐허로 만들었습니다' 라고 편지를 띄웠다.

그의 편지대로, 글렌코우에는 아무 것도 없었다. 내일은 글래스고우로 간다.

8월 26일 수요일

오전 11시에 자동차로 글래스고우를 향해 출발하였다. 그런데 1마일을 가는 동안 정확히 27명의 술주정뱅이들이 거리에 돌아다니는 것을 보았다. 작은 구멍가게들을 빼고는 모든 가게들이 창문에 달린 쇠창살을 내렸다. 주류판매 상점은 지붕에 철조망과 깨진 유리조각을 준비해 놓고 있었다. 그곳에서 조금 기다리다가 엄마는 루카스에게 글래스고우 미술관에 들어가자고 졸랐다. 난 차에 앉아 『글렌코우』를 읽으려고 했으나 주정뱅이들이 돌아다니고 있어서 할 수 없이 미술관 안으로 따라 들어갔다.

들어가기를 잘했지! 이런 귀중한 문화적 경험을 놓친 것도 모르고 평생을 살 뻔했지 않아!

살바도르 달리가 그린 「예수의 처형」을 감상했다. 십자가에 묶여 창에 찔린 예수!!! 복사품이 아니고!

그 그림은 복도 끝에 걸려 있었기 때문에 가까이 갈수록 신비하고 야릇한 모습을 보여주었다. 마침내 바로 앞에 섰을 때는 내 자신이 아주 왜소해진 기분이 들었다. 너무나 감동적인 멋진 그림이었다!

장엄! 훌륭한 색채 때문인지는 몰라도 예수는 진짜 사람처럼 보였다. 진품보다는 못하겠지만 그 미술관에서 그림엽서 여섯 장을 샀다.

언젠가 판도라와 함께 구경 오고 싶다. 우리 신혼여행 때 오면 아마 좋을 듯싶다.

8월 27일 목요일

오반에 갔다. 그곳에서 우리 동네에 사는 스웰로우 씨 부부를 만났다. 모두가 "세상 참 좁다"고 한마디씩 했다. 스웰로우 부인이 징그러운 루카스에게 "부인은 잘 있느냐"고 안부를 물었다. 루카스는 부인은 다른 여자에게 반해 자기를 버리고 갔다고 대답했다. 얼마나 창피스런 얘기인가! 그곳에 있던 사람들의 얼굴이 빨개졌다. 다시 한 번 세상이 좁다고 인사하고 헤어졌다. 엄마는 루카스에게 마구 화를 냈다. "사람들한테 꼭 그 말을 해야만 했나요? 그럼 내가 레스비언(여자 동성애자)에게 버림받은 남자와 함께 사는 여자가 되면, 기분 좋겠어요?" 루카스가 뭐라고 조금 투덜거리자 엄마는 우리 할머니 같은 사나운 눈매로 그를 쏘아보았다. 그러니까 루카스는 더 이상 찍소리도 못하고 말았다. 고양이 앞에 쥐새끼 마냥. 하! 하! 하!

8월 28일 금요일

포트 윌리암에 갔다. 벤 네비스도 역시 실망이었다. 어디서부터가
시작이고 어디가 끝인지 도무지 알 수가 없었다. 다른 산과 언덕이 뒤
죽박죽 되어서 벤 네비스 봉우리를 가렸기 때문이다. 루카스가 미끄러
져 개울에 떨어졌다. 그러나 불행히도, 참으로 불행히도 그 개울은 빠
져 죽을 만큼 깊지 않았다.

8월 29일 토요일 **보름달**

해미쉬 만시니와 함께 호수 주위를 거닐었다. 그 애 엄마는 네 번째
이혼을 생각하고 있는 것 같단다. 그 애는 오늘밤 자기 나라로 돌아간
다고 했다. 월요일 아침에 뉴욕에서 정신과 의사를 만나기로 약속했다
는 것이다.

짐을 싸놓고 엄마와 루카스가 돌아오길 기다리고 있었다. 그들은 소
나무 숲 어디에서 남몰래 사랑을 하고 있을 것이다. 사랑! 사랑! 사랑!
사랑이 무엇이기에…….

우린 새벽에 이곳을 떠난다.

8월 30일 일요일

그레트나 그린에서 차를 세우고 우리들은 선물을 샀다. 판도라에겐

수달피 모양의 돌, 버트에겐 큰 두건 모양의 검은 모자, 개에겐 체크
(바둑) 무늬의 목걸이, 할머니에겐 체크 무늬의 초콜릿 캔디, 막대기에
겐 스코틀랜드 비스킷, 맥스웰에겐 체크 무늬의 고무 젖꼭지, 아버지
에겐 체크 무늬 차수건을 샀다.

난 체크 무늬의 메모 수첩을 샀다. 작가가 되기로 결심했기 때문이
다.

다음은 시속 120마일로 달리는 기차에서 쓴 「스코틀랜드에 대한 나
의 생각」이다.

신성한 안개가 물러간 그 자리에 스코틀랜드의 장엄한 봉우리들이 그 웅장한
모습을 드러내었다. 투명한 하늘에 비친 한 점 얼룩은 장엄한 맹금, 독수리였
다. 독수리는 웅크린 발톱으로 호수에 내려앉아 소용돌이치는 물결의 고요한
장엄함을 휘젓는다. 그러나 장엄한 부리를 잠깐 수면에 적셨을 뿐, 독수리는 장
엄한 나래를 펼치고 풀 한 포기 없이 황폐한 산봉우리, 제왕의 둥지로 날아간
다. 스코틀랜드 고산지대의 동물들. 골짜기에 사는 장엄한 뿔짐승은 갈색눈과,
털북숭이의 장엄한 얼굴로 글랜코우의 신비를 되새기고 있다.

'장엄한' 이라는 단어가 좀 많기는 하지만 그게 더 나은 것 같다. 완
성되면 BBC방송국에 보낼 생각이다. 오후 6시에 집으로 돌아왔다. 여
행 때문에 몹시 피곤해서 일기를 더 쓸 수가 없다.

8월 31일 월요일 영 연방 공휴일

모두 빈털터리가 되었다. 은행은 문을 열지 않고, 아버지는 현금 카드의 비밀번호를 기억할 수가 없단다. 그렇다고 뻔뻔스럽게 버트에게 5파운드를 빌리다니! 연금으로 먹고사는 노인에게! 체면이 말이 아니다.

판도라와 나는 미칠 듯이 사랑한다! 이별은 우리의 정열에 더욱더 불을 질러 만날 때마다 호르몬이 자극을 받는다. 판도라는 내가 준 수달피 돌을 손에 쥐고 잔다고 한다. 그 수달피 돌이 나였으면 얼마나 좋을까.

9월 ● September

9월 1일 화요일

싱 씨가 늙은 부모를 모시기 위해 인도로 돌아가야만 하기 때문에 버트는 다시 더러운 자기 집으로 돌아가야만 한다! 싱 씨가 여자들만 있는 집에 버트가 함께 있으면 안심이 안 된다고 했기 때문이다. 어쩌면 그렇게 바보 같을까? 버트는 별로 기분 나빠하지도 않고 "오히려 칭찬이지"라고 말한다.

판도라와 나는 버트의 집을 청소하고 이사를 도와주기로 했다. 그는 집세가 294파운드나 밀려 있다. 그럼 일주일에 50펜스씩 갚아야 한다는 말인데, 그렇게 한다면 버트는 빚에 눌려 죽을 것이다.

9월 2일 수요일

판도라와 함께 버트의 집에 가보았다. 그런데 문을 열자마자 우린 깜짝 놀랐다. 버트의 집안에 빈 맥주병이 모두 가게에 가져가 팔면 밀린 집세를 다 갚고도 남을 만큼 많이 널려져 있었다.

9월 3일 목요일

아버지까지 힘을 합쳐서 버트의 가구들을 마당으로 모두 내놓았다. 일광욕을 시키면 좀벌레들이 모두 나오기 때문이다. 카펫을 들어보니 버트는 몇 년 동안 먼지와 헌 신문지, 머리핀, 공깃돌, 썩은 쥐를 밟고 다녔다는 걸 알 수 있었다. 카펫을 빨랫줄에 널어놓고 오후까지 먼지를 털었는데 계속 나오는 것이었다. 오후 5시쯤 판도라가 환호성을 질렀다. 카펫에 무늬가 나타나기 시작했다는 것이다. 그러나 자세히 살펴본 결과 그것은 으깨진 케이크 덩어리였다. 내일은 판도라 엄마의 카펫 샴푸를 가지고 갈 생각인데 옛날에 한번 시험해 본 적이 있다고는 하지만 버트네같이 더러운 방에서 시험해 보았을 리는 없지 않은가?

9월 4일 금요일

오늘 하나의 기적을 목격했다! 아침까지만 해도 버트의 카펫은 짙은 회색이라서 몰랐는데, 지금 보니 하나는 빨간색의 악스민스터제고, 또 하나는 파란색의 윌튼제가 아닌가. 우린 카펫을 빨랫줄에 그냥 널어둔 채로 바닥은 깨끗이 문지르고 가구는 살균제로 닦았다. 판도라가 커튼을 떼어냈지만 물가로 가져가기도 전에 천이 갈가리 찢어지고 말았다. 버트는 정원 의자에 앉아 계속 투덜거렸다. 더러운 집에 사는 게 뭐가 나쁘냐고 말하면서.

'더러운 집에 사는 게 뭐가 나쁘지?'

9월 5일 토요일

아침에 아버지는 버트네 빈 병들을 차에 싣고 가게로 바꾸러 갔다. 트렁크의 뒷좌석, 차의 바닥이 병으로 가득 찼고, 차에서는 흑맥주 냄새가 진동했다. 그런데 가는 도중에 휘발유가 떨어져서 자동차 협회를 불렀다. 협회 외무원은 아주 예의가 없는 사람이었다. 아버지에게 주정뱅이 협회에 전화하실 걸 번지수를 잘못 찾았다고 말했다는 것이다.

9월 6일 일요일 상현달

버트의 집은 아주 깨끗하고 멋있어졌다. 사방이 번쩍번쩍 광이 나서 몰라볼 정도로 달라졌다. 그리고 누워서 편히 텔레비전을 볼 수 있도록 그의 침대를 거실로 옮겨 주었다. 판도라의 엄마가 꽃꽂이를 멋지게 해놓았고, 판도라의 아버지는 개를 뒷문에 묶어 두었다. 버트는 이제 세이버가 문을 두드릴 때마다 일일이 일어나지 않아도 좋을 것이다.

버트는 내일 우리들이 깨끗하게 단장해 놓은 집으로 이사온다.

9월 7일 월요일 미국과 캐나다의 노동절

해미쉬 만시니에게서 항공엽서가 왔다.

안녕 에이디!

잘 있었니? 판도라하고는 잘 진행 중이겠지? 꽤 쓸 만하겠던데! 스코틀랜드가 내 머리를 강타했나봐! 핵폭탄에 맞은 것처럼 아직도 골이 아프다! 넌 멋진 녀석이야, 에이디, 우리끼리 수다떨 때 난 약간 상처를 입었던 것 같다. 그렇지만 닥터 이글버거(내 정신과 의사 이름이야)는 나의 리비도(Libido : 정신분석학에서, 잠재의식으로서 존재하는 성적 에네르기)를 잘 처리하고 있어. 엄마는 벌써

청산했어. 제4번은 텔레비전 광이고 엄마보다도 캘빈 클린스를 더 많이 수집했
어! 가을은 재미없지? 온통 거지같은 낙엽투성이! 또 보자, 친구!

해미쉬

이 편지를 판도라와 아버지, 버트에게 보여주었지만 모두 무슨 뜻인
지 못 알아듣겠다고 한다. 버트는 미국인을 싫어한다. 전쟁같은 것에
참여할 때 너무 시간을 끌기 때문이라고 한다.

버트는 깨끗한 집에서 살고 있다. 고맙다는 인사는 하지 않지만 좋
아하는 걸 보니 기분이 흐뭇하다.

9월 8일 화요일

목요일부터 재수 없게 또 학교에 다녀야 한다. 낡은 교복을 입어 보
았는데 키가 커져서 입을 수가 없다. 새 교복을 사야 하는데 아버지한
테 괜히 미안한 생각이 든다.

아버지가 힘들다는 것은 알지만 나는 한참 성장기이니까 어쩔 수가
없다. 5센티만 더 자라면 판도라와 똑같아진다. 내 물건은 아직도 12센
티에 머물러 있다.

9월 9일 수요일

할머니가 집으로 전화를 하셨다. 도린과 맥스웰이 스케그니스에 간
일을 아셨나 보다. 다시는 아버지와 이야기를 안하시겠단다.

사야 할 물건들이다.

양복 웃저고리 한 벌 27.99파운드

회색 바지 두 벌 23.98파운드

흰 셔츠 두 벌 11.98파운드

회색 스웨터 두 벌 7.09파운드

검은 양말 세 켤레 2.37파운드

운동복 바지 한 벌 4.99파운드

운동복 속옷 3.99 파운드

육상복11.99파운드

운동화 한 켤레 7.99파운드

축구화 한 켤레와 장식단추 11.99파운드

축구양말 한 켤레 2.99파운드

축구용 반바지 4.99파운드

축구 셔츠 7.99파운드

아디다스 스포츠 가방 4.99파운드

검은 구두 한 켤레 15.99파운드

계산기 6.99파운드

펜과 연필 세트 3.99파운드

기하학 세트 2.99파운드

아버지는 이것을 구입할 100파운드 정도는 충분히 가지고 있을 것이다. 실업수당이 얼마나 많은데. 침대에 누워 신음하는 이유를 잘 모르겠다. 지독한 구두쇠! 게다가 오늘 쓴 돈은 현금으로 지불하지 않고 모두 아메리칸 익스프레스 신용카드로 했다.

판도라가 내 새 옷을 보고 칭찬해 주었다. 규율부 간부가 될 수 있을 것 같다고 한다.

9월 10일 목요일

자랑스러운 새 학기가 시작되었다. 내가 규율부원이 된 것이다! 내게 주어진 첫 번째 책임은 지난번 선배와 똑같다. 난간에 서서 몰래 늦게 들어오는 학생들의 명단을 적는 것이다. 판도라도 나와 똑같이 규율부원이 되었다. 그 애는 급식을 탈 때 떠들지 못하게 하는 일을 맡았다.

새 학급 담임인 도크 선생이 시간표를 주었다. 수학, 영어, 체육, 비교종교는 필수지만 문화와 창작 과목들은 선택이다. 그래서 난 매스미디어 (신문·방송 같은 정보 매개체) 연구 (아주 쉬운 과목이다. 신문을 읽거나 텔레비전만 보면 되니까)와 부모의 역할(섹스에 대해서 배울 수 있을까 하는 기대감에서)을 신청했다. 도크 선생이 영국 문학도 가르친다니까 우린 가깝게 지내게 될 것 같다. 지금쯤이면 난 우리 학교에서 가장 책을 많이 읽은 학생이 되지 않았을까? 선생님이 도중에 막히면 도와주어야겠다.

학교에서 대영 박물관 견학을 간다고 해서 5파운드 50펜스를 아버지에게 달라고 했더니 갑자기 소리를 지르는 것이었다. 도대체 의무교육이 어떻게 된 거냐고. 나는 모른다고 대답했다.

9월 11일 금요일

도크 선생과 이야기를 많이 했다. 난 직장도 없고 성질도 고약한 아버지를 모시고 사는 결손 가정의 아이라고 설명했다. 선생님은 내가 다리가 하나인 흑인 동성애자 엄마와 문둥병에다 꼽추인 아랍인 아버지를 모시고 산다고 해도, 내 글만 명석하고 지적이고 솔직하다면 문제될 것이 없다고 말씀하셨다. 감동적인 보살핌을 받게 생겼군!

9월 12일 토요일

아침에 스코틀랜드의 야외 생활에 대해서 명석하고 지적이고 솔직한 작문을 썼다. 오후엔 아버지와 함께 세인즈베리 슈퍼마켓에 가서 여러 가지 물건을 샀다. 과일 매장 앞에서 릭 레몬이 어떤 과일을 고를까 고민하고 있는 것이 눈에 띄었다. 과일을 고르는 일은 '명백히 정치적인 행위'라는 것이다. 남아프리카 산 사과, 프랑스 산 골덴 사과, 이스라엘 산 오렌지, 튀니지의 대추야자, 미국산 포도를 모두 거절하다 보니 결국 영국산 루밥만 남았다. '모양이 남자 물건 같이 섹시하게 생겼지만' 릭은 그걸 사기로 결정했다. 릭의 여자친구 티트(티티아의 애칭)는 이미 공과 쌀을 사 가지고 전차에 타고 있었다. 긴 스커트를 입기는 했지만 털이 많은 발목이 다 보였다. 아버지는 언제나 다리 면도를 잘 한 여자가 좋다고 한다. 아버지야 스타킹, 양말대님, 미니 스커트에 가슴이 패인 옷을 좋아하지! 되게 구식이다.

9월 13일 일요일

오늘은 블로썸을 보러 갔다. 요즘은 판도라도 블로썸을 타지 않는 것 같다. 키가 커서 다리가 땅에 끌리기 때문이다. 다음 주일이면 판도라에게 썩 어울리는 말이 온다고 한다. 이름은 이안 스미스, 아프리카의 짐바브웨에서 살다 온 사람들에게서 사오는 것이라고 한다.

내일은 엄마의 생일이다. 엄마는 서른일곱 살이다.

9월 14일 월요일 **보름달**

학교 가기 전에 엄마에게 전화를 했는데 받지를 않는다. 보나마나 쥐새끼 같은 루카스하고 아직까지 침대에 누워 있겠지.

요즘은 학교 급식이 형편없다. 커스터드나 핫푸딩과 함께 고기국도 슬며시 없어지고 보통 햄버거, 구운 콩, 과자, 요구르트, 도넛 정도이다. 그것을 가지고는 튼튼한 골격과 근육을 기르기가 힘들다. 그래서 대처 여사에게 항의를 해볼까 생각하고 있는 중이다. 우리가 자라서 냉담하고, 도덕심이 없는 시민이 된다 해도 그것은 우리 잘못이 아니다. 혹시 대처 여사가 앞으로 몇 년 동안 우리가 데모를 못하도록 계획적으로 약골을 만들려는 속셈은 아닐까?

9월 15일 화요일

베리 켄트는 한 주일에 3일은 지각을 한다. 그래서 난 괴롭게도 스크루톤 선생님에게 베리 이야기를 해야만 한다.

어쩌면 시간을 지키지 않는 것은 두뇌에 이상이 생겼기 때문일지도 모른다. 이번에는 야단을 안 맞고는 지나갈 수 없을걸, 뻔뻔한 녀석!

9월 16일 수요일

우리 반은 금요일에 대영 박물관 구경을 가게 된다. 난 차에서 판도라와 함께 앉을 것이다. 둘 만의 시간을 갖기 위해서 판도라가《가디언》지를 가지고 오기로 되어 있다.

9월 17일 목요일

포싱톤 고어 선생님이 대영 박물관에 대해 이야기해 주었다. '인류의 업적을 모아 놓은 멋진 보물' 이라는 등 온갖 찬사를 아끼지 않았지만 그 말을 듣는 사람은 한 명도 없었다. 선생님이 흥분할 때마다 왼쪽 가슴을 어루만지는 걸 구경하느라고.

9월 18일 금요일

새벽 2시, 런던에서 지금 돌아오는 길이다. 고속도로가 난장판이라서 운전기사가 굉장히 고생했다. 오늘 겪은 일이 너무 엄청나고 피곤해서 명석하고 지적인 글을 쓸 수가 없다.

9월 19일 토요일

학교에서는 런던 왕복 여행 중 있었던 일에 대해 편견 없는 관찰자의 설명을 필요로 할 것이다. 그렇다면 그 설명을 해줄 사람은 나밖에 없다. 판도라도 자격은 있지만 나처럼 강철심장은 아니다.

4—D반의 대영 박물관 견학 기록

아침 7:00 전세버스에 올라타다.

7:05 도시락과 저칼로리 음료를 마시다.

7:10 베리 켄트의 멀미로 잠깐 멈추다.

7:20 클레어 닐슨이 여자 화장실에 다녀오기 위해 잠깐 멈추다.

7:30 학교 도로를 떠나다.

7:35 포싱톤 고어 선생님이 핸드백을 놓고 가서서 학교로 되돌아오다.

7:40 운전사의 이상한 행동 관찰.

7:45 베리 켄트가 또 멀미를 해서 차를 세우다.

7:55 고속도로 진입.

8:00 운전기사, 차를 세우고 학생들에게 지나가는 화물차에 'Y' 사인을 보내지 말라고 부탁하다.

8:10 운전기사, 화가 나서 "선생이 아이들을 제대로 통솔하지 않으면 고속도로 운전을 못하겠다"고 하다.

8:20 포싱톤 고어 선생님, 일행을 제자리에 정돈시키다.

8:25 고속도로로 달리다.

8:30 모두 '열 개의 초록색 병'을 합창.

8:35 '열 장의 초록색 손수건'을 합창.

8:45 운전기사가 노래하지 말라고 소리를 질렀음.

9:15 운전기사, 주유소에서 내려 휴대용 병술을 많이 마셨음.

9:30 베리 켄트가 주유소 셀프 서비스 가게에서 훔친 초콜릿을 나누어주다. 포싱톤 고어 선생님은 바운티 초콜릿을 골랐음.

9:40 베리 켄트, 차에서 또 멀미.

9:50 베리 켄트 옆에 앉은 여학생 둘도 멀미.

9:51 운전기사, 차를 세우라는 요구를 거절하다.

9:55 토한 것을 포싱톤 고어 선생님이 모래로 덮다.

9:56 포싱톤 고어 선생님도 멀미.

10:30 차는 어려운 산등성이로 기어오르고 있음. 다른 길은 모두 보수 중.

11:30 차가 고속도로를 벗어날 즈음 뒷좌석에서 싸움이 벌어짐.

11:45 싸움이 멎음. 포싱톤 고어 선생님은 구급약 상자로 다친 사람의 상처를 치료하다. 베리 켄트, 운전석 옆에 앉았다고 벌받음.

11:50 버스, 스위스 별장 앞에서 고장.

11:55 자동차협회 수리공 앞에서 운전사 주저앉음.

12:30 4—D반, 런던 버스를 타고 세인트 판크라스에 도착.

1:00 4—D반, 세인트 판크라스에서 불룸즈베리를 지나 보도 행진.

1:15 선생님, 테비스톡 하우스에 가서 베리 켄트의 진찰을 부탁. 그러나 닥터 랭은 강연 관계로 미국에 출장 중.

1:30 대영 박물관 입장. 아드리안 모올과 판도라 브레이드웨이트는 세계 문화의 산 증거를 보고 황홀해짐. 그러나 나머지 4—D반 학생들은 나체조각과 이리저리 뛰는 관리인들을 보고 웃고 떠듦.

2:15 포싱톤 고어 선생님, 기절할 지경에 이름. 아드리안 모올이 수취인 부담으로 교장실에 전화. 교장 선생님은 여성파업 조정회의 관계로 전화를 받지 못했음.

3:00 관리인들이 4—D반을 박물관 계단에 앉히다.

3:05 미국인 관광객들이 '귀여운 영국 학생'이라면서 아드리안 모올의 사진을 찍다.

3:15 기운을 차린 포싱톤 고어 선생님 4—D반을 인솔, 런던 관광 시작.

4:00 아드리안 모올의 예언대로 베리 켄트, 트라팔가 광장 연못에 뛰어내림.

4:30 베리 켄트 행방불명. 소호(런던의 환락가) 쪽으고 가는 걸 봤다는 목격자 있음.

4:35 경찰 도착. 4—D반을 경찰차에 태우고 버스를 부름. 학부형들

에게 도착 시간을 새로 알림. 교장 선생님 댁으로 전화. 클레어 닐슨 히스테리 발작. 브레이드웨이트, 포싱톤 고어 선생님께 교사의 수치라고 비난. 포싱톤 고어 선생님, 스스로 책임을 느끼고 사임하겠다고 함.

6:00 베리 켄트를 섹스용품 가게에서 발견. '부푸는 크림'과 '간지럼 털' 둘을 훔친 죄.

7:00 경찰의 보호 아래 버스, 경찰서를 출발.

7:30 경찰과 헤어지다.

7:35 운전사, 판도라 브레이드웨이트에게 질서를 호소.

7:36 판도라 브레이드웨이트 질서를 유지하다.

8:00 포싱톤 고어 선생님, 사표를 씀.

8:30 운전기사, 고속도로 혼잡에 시달림.

8:40 도착. 타이어가 불에 탔음. 4—D반 학생들 겁에 질려 말문을 못 열다. 포싱톤 고어 선생님은 교장 선생님과 함께 가고 학부형들 환영. 운전기사는 경찰에 끌려감.

9월 20일 일요일 **하현달**

런던이나 문화나 1번 고속도로 생각만 하면 불안해진다. 판도라의 부모는 생각나는 사람 모두에게 공식적으로 항의하고 있다.

9월 21일 월요일

교장 선생님이 판도라와 나의 지도력을 칭찬했다. 포싱톤 고어 선생님은 몸살로 휴가를 얻었고 학교 단위 관광은 모두 취소되었다.

9월 22일 화요일

경찰은 '매우 혼란을 가져올 만한 상황'을 인정하고 운전기사에 대한 기소를 취소했다. 섹스용품 가게도 베리 켄트가 어린이라는 이유로 고발하지 않겠다고 했다. 어린이라니! 베리 켄트는 어린이였던 적이 없는 능구렁인데.

9월 23일 수요일

스크루톤 선생님이 런던 여행에 대한 나의 보고서를 읽고 나더니 상으로 2점이나 주었다!

오늘 저녁 뉴스를 보니까 대영 박물관은 학교 단위 견학 금지를 고려하고 있는 중이라고 한다.

9월 24일 목요일

판도라와 함께 저무는 가을을 즐기기 위해 낙엽 길을 걸었다. 모닥불 속에 낙엽 타는 냄새도 맡았다. 막대기를 불 속으로 던지지 않고 마로니에 나무 밑을 얌전히 지난 것은 올해가 처음일 것이다.

판도라는 내가 아주 빠른 속도로 어른이 되어 가고 있다고 자랑스러운 듯이 말했다.

9월 25일 금요일

밤에 니겔과 도토리 깨뜨리기를 하러 나갔다. 난 커다란 것 다섯 개를 찾아서 니겔의 것을 꼼짝 못하게 해주었다. 하! 하! 하!

9월 26일 토요일

블로썸을 버트에게 데리고 갔다. 요즘 버트는 멀리까지 걷지를 못하기 때문이다.

블로썸은 아주 부잣집으로 팔려간다고 한다. 앞으로는 카밀라라는 그 집 딸을 태우게 될 것이다. 판도라는 카밀라가 너무 고고한 척해서 속을 모르겠다고 한다. 버트는 블로썸을 보자 슬픔에 잠기며 "너나 나나 이제 폐마 도살장 마당에서나 만나는 신세가 되겠구나"라고 괴로운 듯이 말했다.

9월 27일 일요일

아침 10시 반에 블로썸이 우리의 곁을 떠났다. 심장마비에 걸리지 말라고 사과 16펜스 어치를 사주었다. 판도라는 말이 탄 차 뒤를 쫓아가며 "생각이 바뀌었어요"라고 외쳤지만 그 차는 조금도 주춤거리지 않고 떠나버렸다.

판도라는 이안 스미스에 대해서도 생각을 바꾸었다. 말이든 조랑말이든 앞으로는 보고 싶지도 않다는 것이다. 블로썸을 판 일 때문에 죄책감에 시달리는 것 같다.

이안 스미스는 오후 2시 30분에 왔다가 돌아갔다. 끌어내리기도 전에 검은 얼굴이 너무 사납고 무서워 보였기 때문에 그 자리에서 돌려보낸 것이다. 판도라의 아버지는 내일 일찍 은행에 가서 지난 목요일에 써준 수표를 취소해야겠다고 했다. 그때 판도라 아버지의 얼굴도 아주 사나워 보였다.

9월 28일 월요일 초승달

버트의 다리에 이상이 생겼다. 의사는 매일 간호해 줄 사람이 필요하다고 한다. 오늘 내가 들렀으나 버트는 내가 부축하기엔 너무 크고 무겁다. 시청 소속 간호원은 버트를 앨더만 쿠퍼 양로원에 보내는 것이 더 낫겠다고 하지만 버트가 승낙할 리 없다.

학교에서 오는 길에 양로원 앞을 지났는데 그곳은 꼭 박물관 같다. 노인들은 마치 전시품 같고.

버트, 당신은 너무 늙었어요.
세이버와 사탕무우와 우드바인 담배를 좋아하죠.
우린 닮은 데가 없어요.
난 열네 살 반, 당신은 여든아홉.
당신에겐 냄새가 나고, 난 안 나요.

왜 우리가 친구가 되었는지
알다가도 모르겠어요.

9월 29일 화요일

버트는 시청 소속 간호원과 사이가 나쁘다. 자기의 사생활을 여자가
이것저것 참견하며 나무라는 것이 왠지 기분이 상한다고 한다. 나 같
으면 별로 싫어하지 않을 텐데.

9월 30일 수요일

9월이 끝나는 것이 기쁘다. 올 9월은 사고로 얼룩진 달이었다. 블로
썸이 떠나고 판도라는 슬픔에 잠겨 있고, 버트는 다리를 못 쓴다. 아버
지는 아직도 직장을 못 구했고 엄마는 아직도 징그러운 루카스에게 정
신이 팔려 있다.

10월 ● October

10월 1일 목요일

오전 7시 30분. 일어나서 거울을 보니 턱에 여드름이 가득하다! 아니 이 여드름투성이인 얼굴로 어떻게 판도라를 만나지? 오후 10시. 종일 판도라를 피해 다녔는데 급식 시간에 붙들리고 말았다. 손을 턱까지 올리면서 먹는다는 것이 너무너무 힘들었다.

요구르트를 마시며 모든 것을 자백했는데 판도라는 내가 그녀의 상대가 될 수 없다는 것을 침착하게 받아들였다. 말로는 우리 사랑에는 이상이 없다고 하지만, 청년회관에서 나와 굿나잇 키스를 할 때는 다른 때보다 분명히 정열이 식은 것 같은 느낌을 받았다.

10월 2일 금요일

오후 6시. 난 매우 불행한 아이다. 그래서 다시 한번 문학작품에서 위안을 찾고자 했다. 지식인들이 자살을 하거나 미치광이가 되거나 술 때문에 죽는 것은 놀랄 일이 아니다. 우리는 보통사람보다 더 예민하게 느끼기 때문이다. 나는 세상이 썩었다는 것과 내 턱이 여드름으로 엉망이 되었다는 것을 안다. 지금 읽는 책은 안드레이 사하로프의 『진보, 공존과 지적 자유』이다. 겉장에는 '가치를 따질 수 없을 만큼 귀중한 기록'이라고 씌어 있다.

오후 11시 37분. 나 아드리안 모올이 보기에 이 책은 가치를 따질 수 없을 만큼 지루하다.

난 스탈린주의의 재현 이유 분석에 대한 사하로프의 견해에 반대한
다. 학교에서 러시아에 대해 배우고 있으니까 이건 근거 있는 반대이
다.

10월 3일 토요일

판도라의 마음이 점점 식어가고 있다. 오늘 버트네 집에도 나타나지
않았다. 그래서 혼자 그의 빨래를 했다.

오후에는 언제나처럼 세인즈베리에 갔었다. 벌써 크리스마스 케이
크가 나와 있었다. 내 인생이 말없이 흘러가 버리는 것 같다.

『폭풍의 언덕』을 읽는 중인데 아주 좋다. 판도라를 아주 높은 곳으
로 데려갈 수 있다면 옛날의 정열을 다시 일으킬 수 있을 것 같다.

10월 4일 일요일

청년회관에서 산악 극기 훈련으로 더쉬빌에 가는데 판도라를 설득
하여 신청하도록 했다. 릭 레몬이 장비 목록과 승낙서를 부모들에게
보낼 것이다.

내 경우엔 '아버지' 뿐이었다. 2주일 동안 몸을 단련시켜야 하기 때
문에 밤마다 팔굽혀펴기 50번씩을 할 계획인데 오늘밤부터 벌써 실패
다. 아무리 많이 하려고 노력해도 17개밖에 안 된다.

10월 5일 월요일

버트는 사회사업기관에 의해 납치를 당했다! 그는 앨더만 쿠퍼 양로원에 있다. 버트를 만나러 그곳에 가봤더니 토마스 벨이라는 노인과 한방을 쓰고 있었다. 재떨이에는 각각의 주인 이름이 붙어 있었다. 세이버는 애완동물 보호협회로 끌려갔다.

우리 집 개가 없어졌다. 불길한 징조이다.

10월 6일 화요일 초승달

판도라와 함께 버트를 만나러 갔는데 시간 낭비했다는 생각이 든다.

그의 방에 들어간 순간 우린 이상한 기분에 사로잡혀서 아무 말도 하기가 싫어졌다. 버트는 자신의 권리를 빼앗아간 사회사업기관을 상대로 고소하겠다고 한다. 그곳에선 9시 반에 잠을 자야 한다는 것이다! 버트같이 방송 끝나고 애국가까지 듣고 자는 사람에게는 심한 일이라고 생각되었다. 나오는 길에 휴게실을 지나왔다. 노인들이 벽에 둘러앉아 있었다. 텔레비전이 켜져 있지만 어느 누구도 보지 않고 있었다. 노인들은 꼭 깊은 생각에 잠긴 사람들 같았다.

사회사업기관에서는 노인들을 명랑하게 해주기 위해 벽을 모두 오렌지 빛으로 칠했으나 별로 효과가 없어 보였다.

10월 7일 수요일

어젯밤 토마스 벨이 죽었다고 한다. 버트 얘기로는 양로원에서 살아 나간 사람은 없었다고 한다. 지금 있는 노인들 가운데서는 버트가 제일 나이가 많다. 그는 지금 죽음에 대해 굉장히 불안해 하고 있다. 양로원 전체에서 남자 노인은 버트 한 사람뿐이다. 판도라는 여자가 남자보다 오래 사는 건 젊었을 때 고생을 더하기 때문에 보너스로 받은 상이라고 한다.

우리 집 개는 아직까지 돌아오지 않는다. 그래서 체리 씨의 가게에 광고를 붙였다.

10월 8일 목요일

버트는 아직도 살아 있다. 그래서 오늘 세이버를 데리고 양로원에 갔다.

우선 버트를 그의 창문 앞에 앉혀 놓고 바깥 풀밭에 세워둔 세이버에게 손을 흔들게 했다. 개는 양로원 안에 못 데리고 가기 때문이다. 그곳에는 엉터리 규칙도 많다.

우리 개는 아직도 안 돌아온다. 죽은 게 아닐까?

10월 9일 금요일

양로원의 감독은 버트가 잘만 한다면 일요일 하루쯤은 외출할 수도 있다고 한다. 버트는 이번 일요일에 저녁 식사와 차를 마시러 우리 집에 올 것이다. 전화요금 고지서가 오늘 나왔다. 지금 내 침대 매트 아래에다 감춰 두었다. 요금은 289.19파운드이다.

10월 10일 토요일

개가 정말 걱정된다. 우리 동네에서 완전히 사라진 모양이다. 니겔, 판도라와 셋이서 골목마다 열심히 찾아다녔지만 헛수고였다.

또 한 가지 걱정거리는 아버지이다. 매일 같이 점심 때까지 침대에 누워 있다가 아무거나 대충 프라이팬에 볶아서 먹고, 캔이나 병 음료를 마신 후 TV 앞에 앉아서 「오후의 플러스」프로를 시청한다. 직장을 구해볼 생각은 하지도 않는 것이다. 목욕도 하고 이발, 면도도 해야 할 텐데. 다음 화요일은 육성회이다. 아버지의 옷 중 제일 좋은 것을 세탁소에 보냈다.

W.H. 스미스의 책방에서 5펜스를 주고 책을 한 권 샀다. 드레이크 페어클라우라는 별로 유명하지 않은 작가의 『노인에게 바친 청수훈장』이라는 책이다. 내일 버트가 온다. 판도라의 아버지는 전화를 떼라고 했다 한다. 수신인 부담 요금에 대해 아셨나보다.

10월 11일 일요일

버트의 방문.

아침 일찍 일어나 거실의 가구를 치웠다. 버트가 휠체어를 타고 다니려면 넓어야 하기 때문이다. 청소 후 커피를 한잔 끓여 아버지의 침대 옆에 놓고 노인을 위한 포도주 닭고기 요리를 시작했다. 닭을 불에 얹어 놓고 아버지를 한번 더 깨우고 내려오니 나의 닭고기 요리는 이미 구제불능 상태로 변해 있었다. 포도주는 다 날아가고 까맣게 탄 닭고기만 남아 있는 것이었다. 실망이 매우 컸다. 판도라에게 내가 다양한 재능이 있다는 것을 보여주고 싶었는데. 요즘 들어 문학이나 노르웨이 가죽산업에 대한 이야기를 지루해 하는 것 같아서 오늘은 요리사로 데뷔할 생각이었던 것이다.

버트는 판도라의 아버지가 양로원으로 데리러 갔을 때 커다란 트렁크를 꼭 실어야 한다고 고집을 부렸다. 그 트렁크와 휠체어, 눕다시피 뒷좌석을 온통 차지한 버트 때문에 난 뒷문 쪽에 웅크리고 앉아야 했다. 버트를 차에서 끌어내려 휠체어에 앉히는 데도 얼마나 오랜 시간이 걸렸는지 모른다. 아버지를 깨우는 시간만큼은 걸렸을 것이다.

판도라의 아버지는 딱 한 잔만 하겠다며 들어왔는데 점심 전 술 한잔, 탄산수 한 잔, 그리고 가기 전 마지막 한 잔을 마셨다. 그뿐이 아니었다. 낮에는 술을 마시지 않는다는 증거라면서 또 한 잔을 마셨다. 판도라의 입이 샐쭉해지기 시작했다.(여자들은 딸에게 그 방법을 가르치나보다).

그녀는 자기 아버지의 차 열쇠를 빼앗더니 전화로 그녀의 엄마에게 차를 가지러 오라고 했다. 아버지는 '한잔은 그녀를 위해, 또 한잔은 여행길을 위해' 라고 노래하며 프랭크 시나트라의 흉내를 냈다. 보는 사람 생각도 않고, 판도라의 아버지는 터퍼웨어 과자 그릇으로 바텐더 노릇을 했다.

모두 취해서 신나게 노래를 하고 있었는데 판도라의 엄마가 들어오자 분위기는 순식간에 삭막하게 변해 버렸다.

판도라와 판도라의 아버지가 차에 타고 나자, 판도라의 엄마는 우리 아버지에게 그만 정신 차릴 때도 되지 않았냐고 화를 냈다.

실업자가 된 것이 괴롭고 부끄러운 줄은 알지만 감수성 예민한 사춘기 소년에게 나쁜 본을 보여 줘서야 되겠냐고 했다. 그리고 나선 시속 10마일로 차를 몰고 갔다. 판도라가 뒤창을 통해 나에게 키스를 보냈다.

판도라 엄마의 말은 절대로 옳지 않다! 난 이제 아버지에게 아무 본도 받지 않는다. 저녁은 인스턴트 카레라이스였다. 식사 중에 싱 부인이 찾아와 버트와 힌두어로 이야기했다. 우리 집 카레라이스가 이상한지 계속 손가락질하며 웃고 있었다. 이 세상에 아직도 예의가 있는 사람은 나 하나뿐인 것 같은 기분이 든다.

버트는 사감이 자기를 독살할 것 같다고 아버지에게 말하였고, 아버지는 그곳의 음식은 누구에게나 똑같기 때문에 그럴 리가 없다고 버트를 안심시켰다. 그러나 떠날 시간이 되자, "날 보내지 말아 달라" 면서 울기 시작했다. 아버지가 우리 집에 그를 받아들일 만한 여유가 없다고 하자 하는 수 없이(휠체어의 브레이크를 자꾸 밟으면서)휠체어를 타고 나갔다. 트렁크는 우리 집에 보관했다가 자기가 죽으면 열어 달라고 부탁했다. 버트는 트렁크 열쇠를 목에 걸고 있었다.

개는 아직도 무단 이탈 중이다.

10월 12일 월요일 미국, 미대륙 발견 기념일. 캐나다, 추수감사절

밤에 '오프 스트리트' 청년회관에 갔다.

릭 레몬이 「생존 기술」에 대한 강의를 했는데 체온저하로 고생을 할 때는 나체의 여자를 껴안고 비닐주머니를 뒤집어쓰는 것이 좋다고 한다. 이에 대해 판도라는 공식적인 항의를 했고, 릭 레몬의 여자 친구 티트는 벌떡 일어나서 나가버렸다. 불감증에 걸린 여자와 함께 산에 간다면 아, 불행해!

고이 잠들어라, 개야!

10월 13일 화요일 보름달

할머니가 화가 나서 전화를 하셨다. 개를 언제 데려갈 거냐는 것이다! 그 멍청한 개가 10월 6일에 할머니 댁에 나타났다고 한다. 부리나케 달려갔다가 개의 모습을 보고 또 한번 놀랐다. 너무 더럽고 늙어 보였기 때문이다.

우리 개는 사람의 나이로는 겨우 11살인데 개의 나이로는 연금을 탈 정도인가 보다. 개가 그렇게 빨리 나이를 먹는 것은 처음 본다. 할머니와 함께 지낸 8일이 지옥 같았겠지. 할머니는 굉장히 엄하시니까.

10월 14일 수요일

버트로 인해 양로원의 할머니들을 거의 모두 알게 되었다. 학교에서 돌아오는 길에 매일 들르니까 나를 아주 반가워한다. 어떤 할머니는 등반 훈련 때 내가 쓰고 갈 모자까지 털실로 뜨고 계신다. 그 할머니의 이름은 퀴니이다.

오늘밤은 팔굽혀펴기를 36번 반 했다.

10월 15일 목요일

낡아서 너덜너덜한 등산화가 내 발에 맞나 보려고 청년회관까지 신고 갔다. 릭 레몬은 등산용품점에서 빌렸다고 한다. 내 신발은 너무 커서 양말을 세 켤레나 겹쳐 신어야 겨우 맞는다. 떠나는 대원은 6명이고 릭이 대장이다.

릭은 무슨 자격증 같은 게 있는 것은 아니지만 위기 상황에서 살아난 경험이 있다고 한다. 그는 커비뷰 타운에서 태어나 그곳에서 자랐다. 세인즈베리에 가서 비상 식량을 샀다. 식량은 각자 지참하기 때문에 무게에 신경을 써야 한다.

오늘 산 것
콘 후레이크 한 상자
우유 2파인트 (0.57리터)

낱개 포장 엽차 한 상자

루밥 소오스 하나

감자 5파운드

라아드 기름 ½ 파운드

버터 ½ 파운드

식빵 두 통

치즈 1파운드

비스킷 두 통

설탕 2파운드

두루마리 화장지 한 개

액체 세탁비누 한 개

참치 두 캔

쇠고기 스튜 한 캔

당근 한 개

가게에서 집까지 들고 오기도 무거워 힘들었는데 이걸 어떻게 다 지고 산엘 올라간담! 아버지는 조금 덜어놓고 가라고 한다. 두루마리 화장지나 콘 후레이크는 빼놓을까 생각 중이다.

10월 16일 금요일

더쉬빌에는 일기장을 가져가지 않을 예정이다. 호기심과 악의에 찬

눈들이 읽지 않으리란 보장도 없고 가방에 들어갈 틈도 없다.

이제 그만 써야 한다. 미니 버스가 집 앞에서 클랙슨을 누르고 있다.

10월 17일 토요일

10월 18일 일요일

오후 8시. 다시 문명 세계로 돌아왔다는 것이 기쁘다!

지난 이틀 동안 난 천한 야만인처럼 살아야 했다. 울퉁불퉁한 땅에 슬리핑백 하나만 깔고 잠을 자고! 자그마한 휴대용 스토브로 요리를 해먹고! 내 발을 끊임없이 고문하는 신발로 시냇물을 건너다니고! 생리적인 욕구를 아무 곳에서나 해결하고! 나뭇잎으로 뒤를 닦고! 목욕도 양치질도 할 수가 없었다! 텔레비전이나 라디오는 물론 없었다! 릭 레몬은 비가 오는데도 미니 버스 안에 들어가지 못하게 했다! 자연 속에서 직접 피신할 곳을 만들어야 한다는 것이다. 판도라가 동물사료용 비닐 포대를 발견했기 때문에 우린 번갈아서 그걸 뒤집어쓰고 지낼 수 있었다.

어떻게 살아 돌아왔는지 나도 모르겠다. 계란은 깨지고 빵은 물에 젖고, 비스킷은 부서지고 깡통따개를 갖고 있는 사람은 한 사람도 없었다. 정말 굶어죽을 뻔했다. 다행히 치즈는 새지도, 깨지지도, 물에 젖지도 않았고, 깡통을 딸 필요도 없었다.

산악구조대에 발견되었을 때 얼마나 기뻤던지! 릭 레몬은 지도나 나

200

침반을 절대 가져오지 못하게 했었다. 그곳 지리는 자기 손바닥 들여다보듯 훤하게 안다는 것이었다. 구조대장은 릭이 장갑을 끼고 있었던 것이 분명하다고 농담을 했다. 우리는 엉뚱한 방향으로, 그것도 미니버스에서 7마일이나 떨어진 곳에 조난 당해 있었던 것이다!

이틀만에 침대에서 자게 되었다. 발의 물집 때문에 내일은 학교에 가지 않을 것이다.

10월 19일 월요일

발이 몹시 아파서 이틀 동안 걸으면 안 된다. 닥터 그레이는 아주 못된 사람이었다. 그까짓 발가락 물집 몇 개로 왕진을 다니는 게 싫다는 것이다.

난 그의 태도에 무척 놀랐다. 산악인들이 발가락 괴저(壞疽 : 몸의 조직세포가 국부적으로 죽는 일)에 잘 걸린다는 건 아주 유명한 사실인데도.

10월 20일 화요일 **하현달**

참을 수 없는 통증 때문에 걷지도 못하고 침대에 누워 있는데, 아버지는 하루 세 번 베이컨 샌드위치를 던져주는 것만으로 부모의 책임이 끝났다고 생각하는 모양이다.

엄마가 얼른 집으로 돌아오지 않는다면 난 모든 것을 잃은 채 이대로 끝장나고 말 것이다. 벌써부터 난 누구의 보살핌도 받지 못하고 있는 불쌍한 신세다.

10월 21일 수요일

절름거리며 학교에 갔다. 오늘밤에 육성회가 있기 때문에 선생님들은 모두 제일 좋은 옷을 입고 계셨다. 아버지도 깨끗이 씻고 제일 좋은 양복을 입었는데 그만하면 합격이었다. 하느님, 고맙습니다! 아무도 아버지를 실업자로 보지 않았을 것이다. 선생님들은 아버지에게 나를 학교의 자랑이라고 말했다.

베리 켄트의 아버지는 아주 형편없는 사람 같았다. 하! 하! 하!

10월 22일 목요일

학교 가는 길 절반까지 절름거리며 걸어갔다. 개가 나를 졸졸 따라와서 저는 발을 끌고 다시 집으로 돌아왔다. 개를 광에 가두고 나서 학교까지 절름거리며 갔다. 15분 지각이었다. 스크루톤 선생님이 전 규율부원으로 지각하는 것은 좋은 본이 못 된다고 말씀하셨다. 자기한테야 그게 당연하지! 선생님은 포드 코티나 승용차를 타고 출근하고, 하는 일이라야 학교 책임을 맡고 있는 것뿐이니까, 난 수많은 문제를 안고 있는 바쁜 사람인데도 차 한 대 없다.

10월 23일 금요일

오늘 병원에서 편지가 왔다. 이번 27일 화요일에 편도선 수술을 받

으라는 내용이었다. 내겐 큰 충격이 아닐 수 없었다! 아버지에게 물어
보았더니 내가 다섯 살 때 신청한 것이라고 한다! 그러니까 보건성의
예산 부족으로 9년 동안 난 해마다 편도선염으로 고생해 왔다는 얘기
가 된다.

조산원들은 왜 아기가 태어났을 때 편도선을 바로 잘라버리지 않을
까? 그러면 돈과 고통과 수고가 절약될 텐데.

10월 24일 토요일

U.N.의 날.

시장에 가서 새 가운, 슬리퍼, 파자마, 세면도구들을 샀다. 아버지는
또 끙끙거리신다. 왜 병원에서 헌 잠옷을 입지 못하게 하는지 모르겠
다는 것이다. 피터팬 가운과 아기곰 푸우 파자마를 입으면 너무 우스
울 거라고 그렇게 설명했는데도 소용없다. 유치한 무늬는 말할 것도
없고, 크기조차 작고 여기저기 누더기로 기운 것 같이 보였다. 아버지
는 어릴 때 석탄대 두 개를 합쳐서 꿰맨 셔츠를 밤에 입고 잤다고 한
다. 그 얘기가 하도 믿어지지가 않아서 할머니에게 전화로 물어보았
다. 할머니는 아버지를 바꾸라고 하시더니 아까 했던 말 그대로 다시
해보라며 화를 내셨다. 할머니는 그게 석탄대가 아니라 밀가루대였다
고 한다. 이제 아버지를 병적인 거짓말쟁이로 생각하기로 했다!

병원 갈 준비에 54파운드 19펜스나 들었다. 그것은 과일과 초콜릿,
루코제이드는 뺀 계산이다. 판도라는 새 나일론 가운을 입은 내 모습

이 노엘 카워드 같다고 한다. 난 그냥 "고마워, 판도라"라고 대답했지만 솔직히 난 노엘 카워드가 누구인지, 누구였는지 모르겠다. 설마 집단 살인마 같은 사람은 아닐 테지?

10월 25일 일요일

나는 엄마에게 편도선 수술을 받게 될 거라고 전화를 했다. 묵묵부답. 내 그럴 줄 알았지. 엄마는 금방 그 징그러운 루카스와 즐기러 나갈 것이 분명하다. 자기 자식을 위로하기는커녕! 할머니는 전화에다 대고 할머니가 아는 사람의 아는 사람이 편도선 수술을 받다가 하도 피를 많이 흘려서 죽을 뻔했다는 끔찍한 말을 하셨다. 그리고는 끊기 전에 "걱정 마라, 아드리안. 넌 무사할거야"라고 위로의 말씀을 덧붙이셨다.

백만 번 고맙습니다, 할머니!

10월 26일 월요일

오전 11시. 짐을 꾸리고 버트를 만나러 갔다. 요즘 건강이 아주 나빠지고 있는데 어쩌면 마지막 만남이 될지도 모르겠다. 버트도 편도선 수술 후 피 흘리는 사람을 보았다고 한다. 할머니가 아는 사람과 같은 사람이었으면 하는 바람이다.

판도라에게 잘 있으라고 했더니 너무나 울어대서 내 가슴이 뭉클해졌다. 병원에 가져가라고 블로썸의 말편자 한 개를 갖다 주었다. 판도라 아버지 친구가 낭종 제거 수술을 받고 마취에서 깨어나지 못했다고 한다. 난 그리니치 시간으로 오후 2시 아이비스 옐로우 병동에 입원했다.

오후 6시. 아버지는 집에 가도 좋다는 허가를 네 시간 동안이나 기다리다 지금 막 나갔다. 난 내 몸의 모든 부분을 검사받았다. 혈액을 채취해 가고 목욕을 시키고, 체중을 재고, 찌르고 쑤시고 했으나 내 목 안을 들여다보는 사람은 아무도 없었다!

난 가정의학 사전을 침대 옆에 갖다 놓았다. 의사들이 그것을 보고 감탄하기를 바라면서……. 간호원들이 창문 가리개를 치우지 않아서 병원이 어떻게 생겼는지 모르겠다. 내 침대 옆엔 "액체 이외엔 금식"이라고 씌어 있다. 무서워 죽겠다.

저녁 10시. 배가 고프다! 흑인 간호원이 내 음식과 음료수를 모두 가지고 갔다. 잠을 자야겠는데 이곳은 소란하기 짝이 없고, 노인들은 이리저리 뒤채다가 침대에서 자꾸 떨어진다.

자정. 내 침대 위에 새 경고장이 붙었다. '절대 금식'. 무지하게 목이 마르다. 이럴 때 누가 저칼로리 콜라 한 병만 준다면 내 오른팔이라도 바치겠다.

10월 27일 화요일 초승달

새벽 4시. 완전 탈수 상태!

아침 6시. 깨워서 일어났다! 수술은 10시가 되어야 하는데 좀더 재우면 안 되나? 또 목욕을 해야 한단다. 간호원들에게 몸 속을 수술하는데 자꾸 목욕을 시키는 이유가 무엇 때문이냐고 물었지만 내 말은 들은 척도 하지 않는다.

오전 7시. 중국인 간호원이 목욕탕까지 들어와 나를 감시했다. 나에게 물을 마시지 못하게 하기 위해서이다. 그 여자가 하도 뚫어지게 쳐다봐서 내 물건 위에 병원 스펀지를 얹고 목욕을 했다.

오전 7시 30분. 정신병자 같은 옷을 입었다. 수술 준비가 끝난 것이다. 주사도 맞았다. 주사를 맞으면 잠이 와야 할 텐데 오히려 말똥말똥 해져서 난 잃어버린 환자 기록에 대한 소동을 듣고 있었다.

오전 8시. 입 속이 완전히 바싹 바싹 말랐다. 때문에 미칠 지경이다. 어젯밤 9시 45분부터 물을 한 모금도 마시지 않은 것이다. 몸이 둥둥 뜬다. 천장의 금이 아주 재미있다. 일기 감출 곳을 찾아야 하는데. 호기심 많은 노지 파커스가 내 일기장을 훔쳐보는 건 싫다.

오전 8시 30분. 엄마가 내 침대 머리맡에 있다! 내 일기장은 엄마 핸드백에 넣어두기로 했다. 엄마는(개의 목숨을 걸고) 내 일기장을 보지 않겠다고 약속했다.

오전 8시 45분. 엄마가 병원 마당에서 담배를 피우고 있다. 무척 야위고 늙어 보였다. 방탕한 생활의 벌이다.

오전 9시. 수술침대가 계속 병실에 들어와 의식 잃은 사람들을 침대에 내려놓고 있다. 수술침대를 밀고 오는 사람들은 초록색 가운에다 무릎까지 오는 장화를 신었다. 그렇지! 수술실 바닥에는 피가 굉장히 많을 것이다!

오전 9시 15분. 수술침대가 내 쪽으로 오고 있다!

자정. 내겐 이제 편도선이 없다. 굉장한 통증이다. 엄마가 내 일기장을 꺼내는 데 꼬박 13분이 걸렸다. 아직 엄마는 정리용 핸드백에 익숙하지 못한가 보다. 엄마의 핸드백 속은 열 일곱 개의 부분으로 나뉘어져 있다.

10월 28일 수요일

말을 할 수가 없다. 신음만 해도 고통스럽다.

10월 29일 목요일

병실의 구석 자리로 옮겨갔다. 내가 아파하는 것이 다른 환자들에게 폐가 되었기 때문이다.

버트와 세이버가 문안 카드를 보내왔다.

10월 30일 금요일

할머니가 가져온 묽은 수프를 목 안으로 조금 넘길 수 있었다. 할머니는 수프를 보온병에 담아 오셨다. 아버지는 튀긴 감자칩 한 상자를 사왔다. 차라리 면도날을 사오시지!

면회 시간에 판도라가 문병을 왔었다. 별로 말을 하지 않았다. 사람이 삶과 죽음 사이를 방황할 때는 대화도 싫증나는 법인가 보다.

10월 31일 토요일

할로윈 데이

새벽 3시. 간호원실에서 들리는 소리 때문에 몹시 화가 났다. 술 취한 간호원들과 비번인 경찰들이 마녀와 마술사 복장을 하고 날뛰는 것을 더 이상 봐줄 수가 없다. 볼드리 간호원은 호박을 가지고 특히 더 기분 나쁜 일을 했다.

그쪽에서 받아주겠다면 난 영국 언론협회에 가입할 것이다.

11월 ● November

11월 1일 일요일

간호원들이 나를 대하는 게 아주 쌀쌀맞다. 내가 진짜 아파서 누워 있어야 할 사람의 자리를 빼앗고 있다는 것이다! 난 콘 후레이크를 한 그릇쯤 거뜬히 먹어치울 수 있는 정도가 돼야 퇴원이 가능하다. 지금까지는 퇴원을 거절하고 있다. 통증을 참을 수 없으니까.

11월 2일 월요일

볼드리 간호원이 상처 난 내 목 속에 콘 후레이크 한 숟갈을 강제로 쑤셔 넣었다. 그리고 내가 그것을 소화시키기도 전에 침대 시트를 벗기기 시작했다. 택시비를 주겠다고 했지만 난 아버지가 차를 몰고 와서 부축해 줄 때까지 기다리겠다고 했다.

11월 3일 화요일

이제 진짜 내 침대에 누워 있다. 판도라는 힘의 보루이다. 그녀와 나는 말을 하지 않고도 눈으로 이야기할 수 있다. 수술 때문에 내 목소리는 엉망이 되었다.

11월 4일 수요일

일주일 만에 처음으로 골골거리는 목소리로 말을 꺼냈다. "아버지, 내가 죽을 고비를 넘겼다고 엄마한테 전화해 주세요."라고. 아버지는 무척 안심이 되는 모양이다. 신경질에 가까운 웃음을 터뜨리셨다.

11월 5일 목요일 **상현달**

닥터 그레이는 내 목소리가 원래대로 되지 않는 이유는 변성기이기 때문이라고 한다. 그는 언제나 기분이 좋아 보이지 않는다!

그는 나를 병원까지 비틀거리며 걸어나오게 했을 뿐만 아니라 세균이 우글우글거리는 대기실에서 기다리게 했다! 그리고는 하는 말이 다른 젊은이들과 어울려 모닥불이라도 피우고 놀라는 것이다. 난 그런 이교도 의식을 즐길 나이가 지났다고 했건만, 그는 마흔일곱 살인데도 아직 모닥불을 피우고 노는 게 좋다고 한다. 아직 어린애 같다.

마흔일곱! 그걸로 이유는 충분하다. 그는 연금을 주어 퇴직시켜야 한다.

11월 6일 금요일

내일 아버지가 모닥불 파티에 나를 데려가겠다고 하신다(물론 내 상태가 좋으면). 결혼상담소의 경비 마련을 위한 파티이다.

음식 준비는 판도라의 엄마가 맡고 판도라의 아버지는 불꽃놀이를 맡았다. 우리 아버지가 모닥불에 불붙이는 일을 맡았기 때문에 난 적어도 백 미터는 떨어져 있을 생각이다. 아버지가 눈썹을 그을리는 것을 여러 번 보았기 때문이다.

어젯밤 무책임한 사람들이 자기 집 정원에서 모닥불을 피웠다!

그렇다!

라디오와 텔레비전, 플래카드, 그리고 각종 매체를 통해 그렇게도 위험 경고를 했건만 그들은 이기적으로 모닥불을 피운 것이다. 사고는 없었지만 그건 운이 좋았기 때문일 것이다.

11월 7일 토요일

결혼상담소의 모닥불 파티는 굉장히 멋있었다. 온 마을 사람들이 협조를 잘했기 때문이다. 체리 씨는 《오늘》이라는 잡지를 수백 부나 기증했다! 일 년 이상 그의 가게 뒷방에 쌓여 있던 것이라고 한다.

판도라는 그 동안 수집한 재키 만화책을 모두 불태웠다. 그 책은 '여권 신장의 내용을 담지 않았고, 그런 책이 어린 소녀들에게 읽히기를 바라지 않기 때문' 이라고 한다.

싱 씨와 그 집 아이들은 인도 폭죽을 가져와서 터뜨렸다. 그것은 영국제보다 훨씬 소리가 컸다. 우리 개의 귀를 막아서 광에 가두기를 잘했다고 생각했다.

크게 화상을 입은 사람은 없었지만 음식을 먹고 있는 중에 불꽃을 나누어 준 것은 잘못이라고 생각한다.

난 오늘 아침에 받은 전화요금 독촉장을 태워버렸다.

11월 8일 일요일

온 동네가 매운 연기로 가득 차서 모닥불 피운 곳에 가보았더니 잡지 《오늘》이 아직도 연기를 내며 타고 있었다. 그것들은 탈 때도 말썽을 부린다(우리 전화요금 독촉장은 보이지 않았다. 하느님 고맙습니다!).

체리 씨는 커다란 구덩이를 파고 잡지 위에 생석회를 뿌릴 예정이다. 그냥 두면 온 동네가 질식할지도 모르니까.

버트를 만나러 갔다. 퀴니와 함께 나갔다고 한다.

11월 9일 월요일

다시 학교에 갔다. 개는 또 병원에 붙들려 갔다. 귀를 막아 주었던 솜을 빼기 위해.

11월 10일 화요일

내 젖꼭지가 커지고 있다! 여자가 되려나 보다!!!

11월 11일 수요일 **보름달**

닥터 그레이가 그의 환자 명단에서 나를 빼버렸다! 젖꼭지가 부풀어오르는 현상은 소년들에게는 아주 흔한 현상이라고 한다. 대개 12살 6개월에. 닥터 그레이는 내가 신체적, 정서적으로 발달이 늦은 편이라고 한다. 내가 어째서 발달이 늦단 말인가? 난 BBC에서 거절 편지도 받았다. 그리고 어떻게 여자 같은 젖가슴을 안고 병원까지 걸어갈 수 있겠는가?

왜 그곳을 병원이라고 부르는지 모르겠다. 닥터 그레이는 치료도 해 주지 않는데 말이다.

11월 12일 목요일

존스 선생님에게 부푼 젖가슴 때문에 체육을 못하겠다고 했더니 그 는 상스러운 말을 했다. 사범대학에서는 도대체 무얼 가르치는지 한심 하다.

11월 13일 금요일

우리의 관계에 대해서 판도라와 진지하게 이야기를 나누었다. 판도 라는 앞으로 2년 동안은 결혼을 원하지 않는다고 한다. 그 대신 자기 세계를 펼칠 수 있는 직업을 갖고 싶다고 했다!

난 판도라의 일격에 당황하고 말았다. 결혼을 하고서 빵집 같은 곳 에서 일하는 것은 괜찮다고 내가 말했으나, 판도라는 대학교에 들어갈 것이며 빵집에 들어가는 일은 큰 케이크를 살 때뿐일 거라고 했다. 우 린 서로 심한 언쟁을 했다(판도라의 말이 더 심했다).

11월 14일 토요일

잡지《오늘》의 그을음이 온 골목골목을 휩쓸고 있다. 그 책은 특별 한 생명력을 갖고 있는 모양이다. 시의회에서는 그을음을 잡기 위해 특수 청소반을 보냈다.

개 귀에 박힌 솜은 이제 다 빼냈다. 그런데도 아직 안 들리는 척한다.

버트를 찾아갔으나 또 퀴니와 외출 중이란다. 퀴니는 버트를 자꾸 레저 센터에 끌고 다닌다.

11월 15일 일요일

네빌 슈트의 《앨리스 같은 도시》를 읽었다. 아주 훌륭한 책이다. 이런 멋진 문학에 대해 함께 토론할 지적인 친구가 있었으면 좋겠다. 아버지는 《앨리스 같은 도시》를 쓴 작가가 루이스 캐롤(《이상한 나라의 앨리스》의 작가)인 줄로 알고 있다.

11월 16일 월요일

학교에 갔다왔더니 두통이 났다. 떠드는 소리, 고함소리, 싸우는 소리에 지쳤다! 선생님들이 통솔을 더 잘하지 않으면 큰일나겠다!

11월 17일 화요일

아버지가 정말 걱정이다. 다이아나비가 임신을 했다는 뉴스가 계속 나오는데도 기분이 나아지지 않는 것 같다.

할머니는 아기 양말 세 켤레를 털실로 곱게 짜서 버킹검 궁에 보냈다. 할머니는 진정한 애국자이다.

11월 18일 수요일 **하현달**

나무는 뻣뻣이 선 채 벌거벗었다.

가을의 옷은

거리를 어지럽힐 뿐.

청소원은 불을 붙여

시내를 화장터로 만든다.

아, 아드리안 모올은

그것을 발로 차

나의 허쉬 파피(구두 상표 이름)를 불태운다.

이 시를 정성스럽게 베껴 BBC 방송국의 존 타이드만에게 보냈다.
그는 내가 낙엽에 대한 시를 좋아하는 어른이라고 생각할 것이다.

방송으로든 신문 또는 책으로든 내 시가 어서 빨리 대중에게 발표되
지 않으면 판도라는 나를 존경하지 않을 것이다.

11월 19일 목요일

판도라가 학교 복사기를 이용해서 문예지를 만들자는 제안을 꺼냈
다. 난 급식시간에 초안을 작성했다. 제목은 《젊은이의 목소리》이다.

11월 20일 금요일

판도라가 나의 《젊은이의 목소리》를 읽고 나서 나 혼자 한 권을 다 쓰기보다는 여러 사람의 글을 받아서 싣자고 제안했다.

판도라는 상자 화분 가꾸기에 대한 글을 냈고, 클레어 닐슨은 낙서 시를 제출했다. 무척 전위적이기는 했지만 나는 신천지 개척을 두려워하지 않는다.

낙서 시

토하게 만드는 사회, 얼룩진 구토물.

유니온 잭 위에.

'시드'는 사악하고

'조니'는 썩었다.

죽음, 죽음, 죽음.

회색의 살인자

영국은 구린내를 풍긴다.

세계의 하수도.

유럽의 구정물통.

쏟아지는 펑크 족들.

거리의

왕과 여왕들.

그녀는 가명으로 하기를 원했다. 아버지가 보수당 의원이기 때문이다.

니겔은 경주용 자전거의 효율적인 관리법에 대해서 짤막한 글을 써서 제출했다. 그런데 무척 재미없는 글이었다. 하지만 니겔이 나와 제일 친한 친구여서 아무 말도 하지 않았다.

인쇄는 수요일에 들어간다.

판도라가 주말에 등사판 원지에 타자를 칠 것이다.

다음은 나의 첫 번째 사설이다.

안녕하십니까?

이 책은 우리들 자신의 잡지입니다. 그렇습니다! 글도 제작도 전부 우리들의 힘으로 완성한 것입니다. 우리는 창간호부터 새로운 분야를 개척하기로 하였습니다. 여러분은 상자화분 가꾸기나 자전거 손질의 기쁨을 아직 모르고 계시겠지요. 그렇다면 기대하십시오, 깜짝 놀라실 것입니다!

편집장 아드리안 모올

잡지는 한 부에 25펜스씩 받을 예정이다.

11월 21일 토요일

판도라의 아버지가 사무실에서 등사판 원지 한 상자를 훔쳐 왔다. 지금 내가 일기를 쓰는 동안 판도라는 《젊은이의 목소리》 첫페이지를 타자기로 치고 있을 것이다. 난 베리 켄트의 폭로 기사를 절반쯤 썼다. 제목은 「베리 켄트, 그의 진실!」이다. 할머니가 극적인 담판을 지은 이후 그는 내게 손가락 하나 까딱할 생각을 못하고 있으므로 위험은 없어졌다.

너무 바빠서 버트를 찾아가 보지 못했다. 내일은 찾아가 봐야지.

11월 22일 일요일

베리 켄트의 폭로 기사를 다 썼는데 이 기사는 학교를 온통 흔들어 놓고도 남을 것이 분명하다. 베리 켄트의 성도착증—특히 5펜스를 받고 그의 물건을 보여주는 저질스러운 짓까지—을 모두 폭로했으니까 말이다.

11월 23일 월요일

할머니가 보낸 크리스마스 카드와 전화를 끊겠다는 통고장을 받았다!

버트를 찾아본다는 것을 또 잊어버렸다. 판도라와 나는 원고를 편집하느라고 너무나 바빴기 때문이다. 난 편집보다는 판도라와 즐기고 싶은 마음이 훨씬 컸지만.

새벽 2시. 전화요금을 어떻게 처리하면 좋을까?

11월 24일 화요일

조금 전에 니겔이 화가 나서 돌아갔다. 그의 원고를 내가 수정했는데 자존심이 상했나 보다. 자전거에 대해 1,500단어의 글을 낸다는 것은 완전히 자기 도취라고 설득했으나 듣지를 않는다. 그는 자기 글을 도로 가져가 버렸다, 고맙게도. 두 페이지가 줄게 생겼다.

《젊은이의 목소리》는 내일 우리 학교에서 대 히트를 치게 될 것이다.

내일은 꼭 버트에게 가봐야지.

11월 25일 수요일

심술쟁이 여자의 공격을 받았다. 학교 서무실의 클라리코츠 부인이 《젊은이의 목소리》를 인쇄해 주지 못하겠다고 한 것이다. 자기는 학교 문예지까지 도와주라는 지시를 받은 적이 없다고 하면서 말이다.

우리 편집팀은 직접 인쇄를 하겠다고 제안했으나 클라리코츠 부인은 "그 고물 덩어리는 나만 만질 줄 안다"며 거절했다. 완전히 절망적이다. 여섯 시간의 노동이 헛수고가 되어 버린 것이다.

11월 26일 목요일 미국, 추수감사절. 초승달

판도라의 아버지가 사무실에서 《젊은이의 목소리》를 제록스 복사해

주기로 했다. 처음에는 안 된다고 하시다가 판도라가 밥도 먹지 않고 방에 틀어박혀 있으니까 어쩔 수 없이 승낙하셨다.

11월 27일 금요일

《젊은이의 목소리》 500부를 오늘 식당에 내놓았다.

그러나 그 500부를 벽장에 고스란히 넣어 열쇠로 잠그고 와야만 했다. 한 부도 팔리지 않다니! 단 한 부도! 나의 친구들은 모두 저능아 아니면 교양 없는 속물이라는 말인가!

월요일부터는 한 부에 20펜스로 가격을 내릴 예정이다.

엄마가 전화했다. 아버지를 바꿔달라고 했지만 아버지는 창고용 전기난로의 해고 판매사원들과 주말 낚시를 떠났기 때문에 연락할 수가 없었다.

전화국에서 엽서가 왔다. 5시 반까지 아버지와 연락이 닿지 않으면 전화가 끊어진다는 것이다.

전보다! 내 앞으로! BBC인가? 아니, 엄마가 보낸 것이다.

아드리안, 집에 오지 마라. 절대로.

집에 오지 말라는 건 무슨 뜻일까? 내가 어떻게 집에 오지 않을 수 있나? 난 이곳에 사는데.

전화가 끊어졌다! 도망쳐 버리고 싶은 생각이 든다.

11월 29일 일요일

엄마가 연락도 없이 가방까지 가지고선 갑자기 나타났다. 아버지의 처분만을 기다린다고 하자 아버지는 모든 걸 용서한다는 듯이 엄마를 껴안았다. 난 조용히 내 방으로 왔다. 그리고 돌아온 엄마를 어떻게 생각해야 할 것인지에 대해 고민하였다. 기분은 좋지만 엄마가 지저분한 집을 둘러보면 뭐라고 할지 겁부터 난다. 엄마의 여우털 코트를 판도라에게 빌려 줬다는 걸 아시게 되면 굉장히 화를 낼 것이다.

11월 30일 월요일

내가 학교에 갈 때까지 엄마 아버지는 방에서 나오지 않았다.

《젊은이의 목소리》를 베리 켄트에게 한 부 팔았다. 그는 자신의 진실을 알고 싶었던 모양이다. 베리는 읽는 속도가 느려서 금요일이 되어야 겨우 자신의 진실을 알게 될 것이 뻔하다. 판매 촉진을 위해 가격을 15펜스로 내릴 예정이다. 현재 499부가 남아 있다!

겨우 9시인데 엄마와 아버지는 벌써 잠자리에 들었다!

개도 엄마가 돌아와서 기쁜 모양이다. 종일 웃으면서 돌아다닌다.

12월 ● December

12월 1일 화요일

오늘 전화국에 전화를 걸었다. 굵은 목소리 흉내를 내서 아버지인 척하고 거짓말을 했다.

"나, 조지 모올은 석 달 동안 정신병원에 갔다 왔는데 사마리아인 클럽에 전화를 해야 하니 전화를 연결해 주시오."라고.

그러나 상대방 여자는 끄떡도 하지 않았다. 체납자들의 무책임한 변명에는 지쳤다면서 289.19파운드와 재연결 비용 40파운드, 그리고 공탁금 40파운드만 내면 연결해 주겠다고 대답했다!

369파운드! 엄마 아버지가 침실에서 나와 전화 신호가 떨어지지 않는 것을 알게 되면 나는 끝장이다!

12월 2일 수요일

아버지가 직장 문제 때문에 전화를 걸려고 했다! 그리고는 펄쩍 뛰셨다.

엄마는 내 방 청소를 하면서 침대 매트를 들추다가 《빅 앤 바운시》와 전화요금 고지서를 발견했다.

내가 부엌 의자에 앉아 있는 동안 두 사람은 언성을 높여 심문을 시작하더니 내게 마구 욕설을 퍼부어 댔다. 그러나 아버지가 "죽지 않을 정도로만 때려 주겠다"고 했을 때 엄마가 아버지를 말렸다. "저 애의 주택조합적금 중에서 갚으라고 하세요. 그게 더 좋은 벌이 될 거예요"

라면서. 결국 난 그렇게 할 수밖에 없을 것이다.

난 이제 영영 내 집을 갖게 될 기회를 놓치게 되었다!

12월 3일 목요일

주택조합적금에서 200파운드를 꺼냈다. 그때 내 눈에 눈물이 글썽거렸음을 부인하지는 않겠다. 그 돈을 다 갚는 데 족히 14년은 걸릴 것이다.

12월 4일 금요일 **상현달**

난 심한 우울증에 빠져 있다. 모두가 판도라 아버지의 잘못이다. 휴일을 영국에서 보내면 어때?

12월 5일 토요일

할머니가 편지를 보내셨다. 왜 아직도 크리스마스 카드를 안 보내냐는 것이다.

12월 6일 일요일

난 아직도 죄인 취급을 당하고 있다. 엄마와 아버지는 내게 말도 걸지 않고, 외출도 금지시켰다. 차라리 문제 청소년이 되는 게 훨씬 낫겠다.

12월 7일 월요일

체리 씨의 가게에서 열쇠고리를 훔쳤다. 니겔에게 크리스마스 선물로 줄 예정이다.

12월 8일 화요일

열쇠고리 때문에 불안하다. 오늘 학교에서 도덕과 윤리를 배웠다.

12월 9일 수요일

열쇠고리 때문에 불안해서 잠을 잘 수가 없다. 신문에는 할머니들이 들치기를 하다가 잡힌 이야기들이 가득 실려 있다. 마즈바를 사먹고, 체리 씨에게 큰돈을 내고 그냥 나오려는데 나를 불러서 거스름돈을 내주었다.

12월 10일 목요일

간수가 나를 감옥에 가두는 꿈을 꾸었다. 열쇠고리에 커다란 강철 열쇠가 달려 있었다.

밉살스럽고, 역겨운, 기분 나쁜 전화가 연결되었다!

12월 11일 금요일 **보름달**

〈선한 사마리아인〉에 전화를 걸어서 나의 죄를 고백했다. 전화를 받은 사람이 나의 이야기를 다 듣고 난 후 "그럼 다시 갖다 놓으세요"라고 말해주었다. 내일 그렇게 해야지.

12월 12일 토요일

열쇠고리를 다시 갖다 놓다가 체리 씨에게 들켰다. 그가 우리 집에 편지를 썼다. 차라리 속이는 편이 나았을 걸……

12월 13일 일요일

일요일은 우편물 배달이 없어서 정말 다행이다.

엄마와 아버지는 크리스마스 트리 장식에 정신이 쏠려 있다. 나는 우울한 기분으로 부모님이 싸구려 물건들을 매달고 계시는 것을 바라보았다.

나는 지금 『죄와 벌』을 읽고 있다. 내가 읽은 책 중에서 나를 가장 감동시킨 책이다.

12월 14일 월요일

우편 배달부를 만나기 위해 새벽 5시에 일어났다. 이슬비가 오는데 개를 데리고 나갔다(개는 더 자고 싶어했지만 내가 억지로 끌고 나갔다). 그런데 개가 계속 끙끙거리며 따라오기 싫어하기에 놓아 주었더니 얼른 집으로 도망쳐 버렸다. 내가 개라면 좋겠다. 개에게는 귀찮고 고리타분한 윤리도 도덕도 없으니까.

편지는 7시 30분에 배달되었는데 하필이면 그 시간에 나는 화장실에 가 있었다. 아아, 괴로운 내 인생이여!

아버지가 편지를 집어서 시계 뒤에 놓으셨다. 담뱃불을 붙이고 기침을 하는 동안 슬쩍 보니 체리 씨의 서투른 필체임이 분명한 편지가 끼어 있었다!

엄마와 아버지는 몇 분 간 서로의 잔에 마실 것을 따른 후, 콘 후레이크가 누글누글해지는 동안 우편물들을 뜯기 시작했다. 그렇고 그런 크리스마스 카드 일곱 장을 난로 위에 한 줄로 늘어놓았다. 나는 꼼짝 않고 체리 씨의 편지만 바라보았다. 마침내 엄마가 그 편지를 뜯어 읽더니, "조지, 그 늙은 체리가 신문대금 고지서를 보냈어요"라고 말했다. 그리고 나서 두 분은 콘 후레이크를 드시기 시작했다. 그것으로 끝이었다. 난 쓸데없는 걱정 때문에 많은 아드레날린 (스트레스를 받으면 많이 분비되는 호르몬의 일종)을 낭비한 셈이다. 앞으로 조심하지 않으면 아드레날린이 부족하게 될지도 모른다.

12월 15일 화요일

엄마가 왜 루카스와 헤어지고 아버지에게 돌아왔는지 그 이유를 말해주었다. "빔보는 나를 섹스의 대상으로만 취급했단다, 아드리안. 게다가 저녁 식사를 꼭 차려주어야 될 뿐만 아니라 발톱을 거실에서 깎지 않겠니? 그리고 무엇보다도 난 네 아버지를 사랑하거든" 다 좋았는데 나에 대해서는 한마디도 없었다.

12월 16일 수요일

그리스도 탄생 기념 연극을 하게 되었는데 제목은 「구유의 별」이다. 난 극중 요셉 역을 맡았고 판도라는 마리아 역을 맡았다. 예수는 제일 키가 작은 1학년생이 맡았는데 이름이 피터 브라운이다. 그 아이는 키가 크고 싶어서 약을 먹고 있단다.

12월 17일 목요일

BBC에서 또 편지가 왔다!

친애하는 아드리안 모올

최근에 쓴 시를 보내주셔서 감사합니다. 타이프로 치니까 훨씬 알아보기가 쉽군요. 그렇지만 아드리안, 알아보는 것만이 전부는 아닙니다. 우리 방송국의 시 부문은 낙엽에 관한 시로 넘쳐 흐를 지경입니다. 모닥불 냄새와 낙엽 밟는 소리가 복도마다 가득 찼습니다. 좋은 시였지만 다시 한번 써보지 않겠습니까?

안녕히 계십시오.

존 타이드만

'다시 해보라!' 나는 그의 부탁을 받은 입장이다. 기뻐서 얼른 답장을 썼다.

친애하는 타이드만 씨

내 시가 라디오에 방송되면 원고료는 얼마인가요? 언제 보내드리면 좋을까요? 어떤 내용을 원하시는지요? 내가 직접 낭독하면 안 될까요? 선금으로 기차 삯을 보내주시겠어요? 몇 시에 방송될 것 같습니까? 난 10시엔 잠자리에 들어야 합니다.

당신의 벗 A. 모올

추신: 무지무지 즐거운 크리스마스를 보내시기 바랍니다.

12월 18일 금요일 하현달

오늘 「구유의 별」 연습은 엉망이었다. 피터 브라운을 구유에 눕히기에는 너무 컸으므로 목공예 선생님이 새 구유를 만들어야 했다.

스크루톤 선생님은 체육관 뒤에 앉아 연습을 지켜보았다. 세 사람의 동방박사를 자본주의의 욕심쟁이라고 욕하는 부분에 이르자 교장 선생님의 얼굴이 아이거 북벽처럼 일그러졌다.

그는 엘프 선생님을 샤워실로 데리고 가서 '조용히 한마디' 했다. 우린 교장 선생님의 고함소리 한마디 한마디를 똑똑히 들을 수 있었다. 흔히 보는 예수 탄생 연극을 하라는 것이다. 작은 인형을 예수로 삼고 동방박사는 가운을 입고 수건을 뒤집어쓰는 식 말이다. 그는 마리아, 즉 판도라가 구유 안에서 노동하는 흉내를 계속 낸다면 연극을 취소하겠다고 협박했다. 스크루톤은 원래 그런 사람이다. 속이 좁고 촌스럽고 성적으로 꽉 막힌 파시스트 돼지이다. 그런 사람이 어떻게 출세해서 교장까지 되었는지 참 모를 일이다. 그는 벌써 3년째 초록색 낡은 양복을 입고 다니고 있다. 연극은 화요일 밤에 공연될 텐데. 이제 와서 어떻게 그 모든 것을 바꾸란 말인가?

그 징그러운 루카스가 엄마에게 크리스마스 카드를 보내왔다! 내용은 '폴리, 내 제일 좋은 흰 양복 드라이클리닝 표를 가지고 있소? 스케췰리 세탁소는 까다로워서 표 없인 찾을 수 없단 말이오' 였다. 엄마는 매우 흥분했다. 아버지는 세필드에 급히 전화를 걸어서 이 따위 연락을 또 하기만 하면 어깨에 세필드 강철 막대를 쑤셔박아 줄 거라고 협박했다. 아버지의 모습은 멋있어 보였다. 입술에 담배를 물고서. 엄마는 방구석에 기대어 서 있었다. 손에 담배를 들고 말이다. 두 사람은 내 방 벽에 붙어 있는 험프리 보가트와 로렌 바콜의 모습을 하고 있었다. 난 정말 갱의 아들이었으면 좋겠다. 그럼 적어도 인생을 약간은 알 수 있을 것이다.

12월 19일 토요일

크리스마스 선물 살 돈이 없다. 그렇지만 혹시 길에서 10파운드를 줍게 될지도 모르니까 살 물건의 목록을 뽑아두기로 했다.

판도라—샤넬 NO. 5 큰병(1.50 파운드)

엄마—자동 계란 반숙기(75펜스)

아버지—책갈피 끼우개(38펜스)

할머니—보석 보관용 헝겊 주머니(45펜스)

개—개 초콜릿(45펜스)

버트—우드바인 담배 20개피(95펜스)

수잔 아줌마—니베아 크림(60펜스)

세이버—봅 마틴스 한 상자, 작은 걸로(39펜스)

니겔—면도날, 덕용포장(34펜스)

엘프 선생님—오븐 장갑(수제품으로)

12월 20일 일요일

내 방에서 판도라와 둘이 개인 연습을 했다. 마리아가 가족계획협회에서 돌아와 요셉에게 임신했다고 말하는 장면이었는데 우린 정말 멋지게 해냈다. 난 요셉 역을 「욕망이라는 이름의 전차」에 나오는 주인공 마론 브랜드처럼 연기했고, 판도라도 조금은 블랑슈 뒤브아 같이 했다. 적어도 아버지가 시끄럽다고 소리 지를 때까지는 무지하게 좋았다. 잠깐만이라도 극적인 장면에서는 조용히 감상할 줄 알아야지.

차를 마시고 나서 엄마는 내일 학교에 여우털 코트를 입고 가야겠다고 말했다. 그 충격! 그 공포! 난 코트를 가지러 얼른 판도라의 집으로 달려갔다. 그런데 그 옷을 판도라의 엄마가 빌려 입고 결혼상담소의 크리스마스 파티에 갔다는 것이다! 판도라는 그걸 빌려준 것으로 생각하지 않았고, 애인의 선물인 줄 알았다고 했다! 어떻게 14츌 학생이 그렇게 값나가는 여우털 코트를 선물로 줄 수 있을까? 판도라는 날 어떻게 아는 거야? 프레디 레이커 같은 백만장자로 생각하나?

판도라의 엄마는 새벽이 되어야 돌아온다고 하니까, 난 학교 가기 전에 다시 판도라네 집에 들러서 집에 몰래 갖다 놓아야만 한다. 아주 어려운 일일 것이다. 그러나 이제 내 인생에는 간단하고 쉬운 일이나 솔직해서 될 일은 있을 수 없다. 난 마치 러시아 소설 속의 주인공이 된 기분이었다.

12월 21일 월요일

침대머리의 자명종이 울리는 소리에 깜짝 놀라 일어나 보니 8시 50분이었다! 내 방 검은 벽이 오늘 따라 유난히 밝고 반짝거려 보였다. 밖을 내다보니 눈이 흰 카펫처럼 쌓여 있었다.

난 눈 속을 비틀거리면서 판도라의 집으로 걸어갔다. 아버지의 낚시용 장화를 슬쩍 빌려 신었기 때문이다. 판도라의 집에는 아무도 없었다. 우체통을 들여다보니 판도라의 고양이가 우리 엄마의 여우털 코트를 갖고 노는 것이 아닌가! 고양이에게 욕을 했더니 더러운 고양이는 나를 향해 코웃음을 치며 코트를 끌고 거실을 뛰어 다녔다. 더 이상 망설일 필요가 없었다. 어깨로 세탁실 문을 밀어 제치고 거실로 들어가 엄마의 코트를 챙겼다. 그리고는 재빨리 그 집에서 나왔다. 내 발보다 두 배나 큰, 허벅지까지 오는 장화를 신고 걸을 수 있는 한 빠르게. 집까지 오는 동안 조금이라도 몸을 따뜻하게 하려고 코트를 걸쳤다. 플라우만 거리와 셰퍼드 크룩 도로 모퉁이까지 왔을 때는 도저히 참을 수 없을 정도였다. 간신히 눈보라와 싸우다시피 걸어서 집 앞 골목 모퉁이의 조립식 정비소 건물까지 왔다.

부엌에 들어섰을 때 내 몸은 체온이 뚝 떨어진 데다 지칠 대로 지쳐 있었다. 엄마는 담배를 피우며 고기파이를 만들고 있다가 나를 보고는 비명을 질렀다. "아니, 너 내 털 코트를 입고 뭐하는 짓이니?" 엄마는 친절하지도, 걱정을 해주지도 않았다. 아무튼 보통 엄마들이 하리라 생각되는 일을 우리 엄마는 하나도 하지 않았다. 욕을 하면서 코트의 눈을 털어 내고 헤어드라이어로 코트를 말렸다. 내게 뜨거운 차를 마시겠냐고 묻지도 않았다.

"라디오에서 그러는데 폭설 때문에 학교도 쉰다고 하더라. 그러니 엄마를 도와 집안일이나 하렴. 캠프 침대의 녹을 벗겨 줘. 이번 크리스마스엔 서그댄스 가족이 온다고 했다."

서그댄스! 노포크에 사는 엄마 친척들이다! 으~으. 그 집은 모두 같은 혈통이 아닌가? 지겨워 말도 꺼내기 싫다!

여우털 코트를 가져온 것과 코트가 상한 이야기를 하려고 판도라에게 전화를 했더니 협동 빵집 뒷산으로 스키를 타러 갔다고 한다. 판도라의 아버지는 경찰서에 급한 전화를 해야 하니까 어서 전화를 끊으라고 했다. 지금 막 집에 들어와 보니 누군가가 침입한 흔적이 있다는 것이다! 집 안은 어지럽지만(고양이의 소행이다, 난 무척 조심했는데) 다행히 없어진 것은 판도라가 고양이 집에 둘러 씌워준 낡은 여우털 코트밖에 없다고 한다.

미안하다, 판도라. 그렇지만 이건 당나귀의 허리를 부러뜨린 마지막 지푸라기였어(짐을 최대한 가득 실은 상태에서 하나 더 얹은 지푸라기가 당나귀 허리를 주저앉힌다는 속담에서 한 말)! 넌 다른 요셉을 구해야 될 것 같다. 남자 친구의 곤란함보다 자기 고양이의 편안함을 더 생각하는 여자와 한 무대에 설 수는 없어.

12월 22일 화요일

학교가 일찍 끝났다. 폭설로 인해 선생님들이 모두 지각했기 때문이다. 이번 일을 계기로 선생님들은 낡은 제분소와 시골의 풍차 속에서 사는 법을 배워야 할 것이다! 시내의 테라스가 달린 집에서 서부의 인디안과 사는 엘프 선생님은 발표회 때문에 용감하게도 오후에 나타났다. 난 판도라의 고양이가 새끼를 배었다는 이야기를 듣고 판도라를 용서하기로 했다.

발표회는 크게 성공하지 못했다. 1학년 G반에서 들리는 종소리가 너무 길어서 우리 아버지는 "종소리! 종소리!" 라고 떠들었고, 엄마는 너무 크게 웃어서 교장 선생님이 엄마를 쏘아볼 정도였다.

교내 합주단은 엉망이었다! 엄마가 "언제 음 맞추기를 끝내고 연주를 시작하니?'라고 물었다. 나는 모차르트의 호른 협주곡이 거의 끝나가고 있다고 알려주었다. 내 대답에 우리 부모와 판도라의 부모가 예의도 없이 크게 웃었다.

다음 순서는 3학년 C반의 앨리스 버나드가 발레쮸쮸(허리에서 수평으로 펼쳐진 발레용의 짧은 스커트)를 입고 '빈사의 백조' 춤을 추는 것이었다. 65킬로나 나가는 앨리스의 춤을 보는 동안 우리 엄마는 웃음으로 자지러질 것 같았다. 앨리스 버나드의 엄마가 크게 박수를 쳤지만 따라 치는 사람은 별로 없었다.

덤보 반은 무대에 올라가서 재미없는 캐럴 몇 곡을 불렀다. 베리 켄트는 야한 가사로 불렀다. 난 그의 입술만 보아도 알 수 있다. 합창한 아이들이 제자리에 앉고 5학년 K반의 전자두뇌 핸더슨이 트럼펫과 유태인 하프와 피아노, 기타를 연주했다. 박수를 받고 답례를 하는 그 알랑방귀 녀석의 모습은 제법 그럴 듯해 보였다.

다음은 휴식시간. 나는 흰 셔츠와 목동 차림의 요셉 의상으로 갈아입었다. 무대 뒤는 긴장된 분위기가 가득했다. 난 윙(무대용어, 무대 옆을 말함) 뒤에서 관객들이 제자리에 다시 앉는 모습을 지켜보았다. 스테레오 스피커로 영화 「클로즈 인카운터(close encounter)」의 주제가가 배경음악으로 나가자 막이 올라가면서 구유가 나타났다. 내가 판도라에게 "잘해 보자, 달링"이라고 속삭이려 할 때 엘프 선생님이 우리를 무대로 떠밀었다.

나의 연기는 끝내주게 좋았다. 난 요셉과 거의 흡사했으나 판도라는 조금 못했다. 예수 역의 피터 브라운을 다정하게 바라보는 걸 잊었기 때문이다.

펑크 차림의 동방박사 세 녀석은 쇠사슬을 너무 쩔렁거려서 중동의 상황에 대한 내 연설 부분을 엉망으로 만들었다. 대처 수상을 상징하는 천사들이 나타났을 때는 관객들이 어찌나 야유를 보내는지 실업문제에 대한 합창 가사가 하나도 들리지 않을 정도였다.

그래도 관객들은 대체로 잘 봐준 셈이었다. 스크루톤 선생님은 일어나서 '용감한 실험정신'이니 '엘프 선생님의 숨은 노고'니 하며 위선적인 인사말을 했다. 그 다음은 출연자 전원이 '즐거운 크리스마스를 보내세요'를 불렀다.

집으로 돌아오는 길에 "그렇게 웃기는 예수 탄생 연극은 처음 보았다. 그걸 코미디로 바꾼 건 누구의 아이디어니?"라고 아버지가 물었다. 난 대답하지 않았다. 그건 코미디가 아닌데.

12월 23일 수요일

오전 9시. 쇼핑할 수 있는 날이 이틀밖에 남지 않았는데 아직도 나에겐 돈이 없다. 블루 피터 오븐 장갑은 만들었지만 크리스마스에 맞춰 엘프 선생님께 갖다드리려면 강도를 만날 위험을 무릅쓰고 빈민가로 들어가야만 한다.

캐럴을 부르며 동네를 돌아다녀야겠다. 그것말고는 선물 자금을 마련할 방법이 없다.

오후 10시. 캐럴을 부르고 지금 막 돌아왔다. 교외의 주택가는 지독히 짰다. 문도 열어보지 않고 "크리스마스에 다시 와!"라고 소리를 질렀다. 그래도 나를 인정해 주는 관객은 블랙불에 드나드는 술주정뱅이들이었다. 어떤 사람은 나의 아름다운 「고요한 밤」 독창을 듣고 엉엉 울기도 했다. 정말이지 하얀 눈 속에서 주변 주정꾼들의 흥청거림도 무시하고 초연하게 하늘을 우러러보며 노래하던 나의 앳된 모습은 감동적인 한 폭의 그림이었다고 말해야겠다.

오늘의 수입은 3·13½파운드 더하기 아일랜드 돈 10펜스 더하기 기네스 병마개 하나이다. 내일 또 캐럴을 부르러 나갈 생각이다. 내일은 교복을 입어야겠다. 그럼 몇 파운드는 더 벌 수 있을 것이다.

12월 24일 목요일

버트에게 줄 담배를 사 가지고 양로원에 찾아갔었다. 버트는 내가 그 동안 찾아오지 않았다고 화가 나 있었다. 크리스마스를 악마같은 노파들과 함께 지내고 싶지 않다는 것이다. 버트와 퀴니는 염문을 뿌리고 있다. 그들은 비공식적으로 약혼을 했고, 같은 재떨이에 이름을 새겨 넣었다.

난 버트와 퀴니를 크리스마스에 우리 집에 초대하기로 했다. 엄마한테는 아직 말하지 않았지만 반대하지는 않을 것이다. 우리 집에는 커다란 칠면조가 있으니까. 할머니들 앞에서 캐럴 몇 곡을 부르고 2파운드 11펜스를 받았다. 판도라에게 샤넬 NO.5 향수를 사주려고 울워드에 갔는데 샤넬이 없다고 해서, 대신 겨드랑이 방취제를 샀다.

집은 반짝반짝할 정도로 깨끗이 치워져 있었다. 일제 자기그릇에 담긴 맛있는 요리 냄새가 요술처럼 풍기고 있었다. 엄마 아버지가 보이지 않아서 늘 계시는 곳을 다 찾아보아도 없었다. 난 무엇보다 경주용 자전거가 갖고 싶다. 딴 건 아무리 좋은 거라도 기쁘지 않을 것이다. 이젠 나도 내 전용 자전거를 타고 다닐 나이가 되었으니까.

오후 11시. 지금 블랙불에서 돌아왔다. 판도라도 같이 갔었다. 우린 교복을 입고 술주정꾼들에게 그들의 자녀를 생각하게끔 만들었다. 그들은 우리의 노래를 듣고 감동했는지 12파운드 57펜스라는 양심의 돈을 뱉어냈다! 우린 이 돈으로 크리스마스 다음날 팬터마임을 구경하고, 캐드베리데이리 밀크의 덕용 초콜릿 바를 사먹을 수 있을 것이다!

12월 25일 금요일 크리스마스

새벽 5시에 일어나서 경주용 자전거를 탔다. 아버지가 나에게 줄 크리스마스 선물로 경주용 자전거를 아메리칸 익스프레스 카드로 산 것이다. 눈 때문에 멀리까지 타지는 못했지만 상관없다.

그냥 보고만 있어도 좋았다. 아버지는 손잡이에 꼬리표를 붙여 두었다. "이번에는 비오는 날 밖에 내놓지 말아라." 내가 언제 그러기나 한 것처럼!

엄마 아버지는 간밤에 술을 너무 많이 마셔서, 내가 식사를 방으로 날라다 주어야 했다. 그때 선물도 함께 드렸다. 엄마는 자동 계란 반숙기를 너무너무 좋아했고 아버지도 책갈피 끼우개에 대 만족이었다. 사실은, 버트와 퀴니가 오늘 올 것이고 아버지가 그들을 데리러 가야 한다는 말을 하기 전까지는 모든 것이 무사했다.

야단법석은 밉살스러운 서그댄스 가족이 도착할 때까지 계속되었다. 할머니와 할아버지, 데니스 삼촌, 마샤 숙모, 그 아들 모리스는 모두 똑같았다. 그들은 일생 동안 매일 장례식에 다니는 사람 같았다. 정말이지 우리 엄마가 그들과 같은 피를 나누었다는 것이 믿어지지 않을 정도였다.

서그댄스 일가는 술을 사양하고 목욕탕에서 엄마가 칠면조를 녹이는 동안 차를 마셨다. 난 퀴니(95킬로)와 버트(89킬로)를 아버지와 함께 차에서 끌어내렸다. 퀴니는 젊어 보이려고 머리카락을 물들인 데다 수다가 많은 시끄러운 할머니였다. 버트는 퀴니를 사랑하고 있다고 한다. 내가 화장실 가는 일을 거들어 줄 때 버트가 내게 고백했다.

친할머니와 수잔 아줌마는 12시 30분에 왔다. 그들은 서그댄스 일가를 반가워하는 척했다. 수잔 아줌마는 감옥 안의 생활에 대해서 재미나게 이야기를 해주었으나, 나와 아버지, 버트와 퀴니를 빼고는 아무도 웃지 않았다.

목욕탕에 올라가 보니 엄마는 뜨거운 수도꼭지 아래에다 칠면조를 갖다 대고 울고 있었다. "이 망할 놈의 것이 녹지를 않는구나, 아드리안. 어떻게 하면 좋겠니?"

"그냥 오븐에 넣어 버리세요."

엄마는 내 말대로 그냥 오븐에 넣었다.

크리스마스 저녁 식사는 예정보다 4시간이 늦어졌다. 아버지는 너무 취해서 아무 것도 먹지 못할 정도가 되어 버렸다. 서그댄스 일가는 퀴니의 연설을 재미있어 하는 것 같았지만 그 밖에는 재미있는 것이 없는 모양이었다. 외할머니는 『소년을 위한 성경 이야기』라는 책을 내게 선물로 주셨다. 차마 이젠 신앙을 버렸단 말을 할 수 없어서 고맙다고 인사하면서 얼굴이 아플 때까지 오랫동안 억지 미소를 지었다.

서그댄스 일가는 밤 9시에 캠프 침대로 갔다. 내가 자전거를 닦는 동안 버트, 퀴니 그리고 엄마, 아버지는 카드놀이를 했다. 모두 서그댄스 일가에 대한 농담을 하며 즐거운 시간을 보냈다. 그리고 나서 아버지는 버트와 퀴니를 바래다주러 가시고, 나는 판도라에게 전화를 걸어 내 목숨보다 더 사랑한다고 말했다.

내일은 판도라네 집에 가서 방취제를 선물하고 함께 팬터마임 구경을 가야겠다.

12월 26일 토요일 영국과 아일랜드 공화국 공휴일. 초승달

서그댄스 일가는 아침 7시에 일어나 제일 좋은 옷을 입고 거실에 둘러앉아 있었다. 자전거를 타러 나갔다가 돌아와 보니 엄마는 아직 침대에 누워 있었고 아버지는 개의 소행 때문에 외할아버지와 말다툼을 하고 있었다. 그래서 나는 다시 밖으로 나왔다.

친할머니 댁에 가서 크리스마스 파이 4개를 먹고 집으로 돌아왔다.

2차선 차도에서 속력을 30마일까지 냈는데 아주 멋있었다. 세무 재킷과 골덴 바지(아버지의 바클레이 신용카드로 산 것)를 입고 판도라를 찾아갔다. 판도라는 크리스마스 선물로 면도 후 바르는 로션을 주었다. 아주 자랑스러운 순간이었다. 아동기가 끝났다는 뜻이니까 말이다.

우린 조용히 팬터마임을 보았으나 우리의 취향에 비해서 너무나 유치했었다. 알라딘과 공주 역의 빌 애쉬와 캐럴 헤이만도 훌륭했지만, 제프 티어와 이안 질이 연기한 도둑이 더 멋있었다. 과부 트윙키 역의 수 포메로이는 희극적 연기를 잘 소화해 냈다. 그러나 그녀의 암소를 연기한 크리스 마틴과 루 웨이크필드의 도움을 많이 받은 덕분이다.

12월 27일 일요일

서그댄스 일가가 노폭크로 모두 돌아갔다. 휴우, 하느님 감사합니다!

집은 다시 엉망이 되기 시작했다. 어젯밤 엄마 아버지가 방에 보드카 한 병과 술잔 두 개를 가지고 들어가는 것을 보았는데 그 뒤로는 볼 수가 없었다.

자전거로 멜튼 모우브레이에게 갔다 왔다. 다섯 시간이나 걸렸다.

12월 28일 월요일

어젯밤 자전거를 그냥 밖에 놓고 자서 곤경에 처해 있다. 엄마 아버지는 내게 말도 건네지 않는다. 상관없다. 지금 막 면도를 했는데 마술에 걸린 기분이다.

12월 29일 화요일

아버지 기분이 몹시 좋아 보이지 않는다. V.P.쉐리 (술의 일종)가 이제 한 병밖에 안 남았기 때문이다. 술 한 병을 꾸러 판도라네 집으로 가셨다.

개가 크리스마스 트리를 쓰러뜨려서 털에 뾰족뾰족한 솔잎이 박혔다. 크리스마스에 받은 책들을 다 읽었는데 도서관은 아직 문을 열지 않는다. 아버지의 리더스 다이제스트를 읽고 내 단어 실력이나 체크해 봐야겠다.

12월 30일 수요일

달아 놓은 풍선들이 모두 바람이 빠져서 쪼글쪼글해졌다. 제3세계의 TV 다큐멘터리에서 보여준 할머니의 젖가슴처럼 보인다.

12월 31일 목요일

일년의 마지막 날이다! 내게는 수많은 일이 일어난 해였다. 사랑을 하게 되었고, 결손 가정의 경험도 했고, 지식인이 되었다. BBC에서 편지 두 장을 받기도 했다. 14¾살의 생활치고는 그렇게 나쁜 편이 아니다!

엄마와 아버지는 그랜드 호텔에서 열리는 망년회 댄스파티에 가셨다. 엄마는 모처럼 화사한 드레스를 입으셨다! 엄마가 사람들한테 다리를 보이는 것도 1년 만이다.

판도라와 나는 텔레비전을 보면서 새해를 맞이하였다. 앤디 스튜어트의 풍적 연주와 함께 열정적인 시간을 보냈다.

새벽 1시에 아버지가 문을 걷어차며 들어오셨다. 손에 석탄 한줌을 들고, 언제나처럼 취해서.

엄마는 내가 얼마나 착한 아들이며 날 얼마나 사랑하는지 모른다는 말을 해주었다. 술에 안 취했을 때 나한테 그런 이야기를 해준다면 얼마나 좋을까?

1월 ●January

1월 1일 금요일 **영국, 아일랜드 공화국, 미국, 캐나다 공휴일**

올해의 결심

1. 판도라에게 항상 진실해야만 한다.

2. 밤엔 자전거를 꼭 들여놓고 잔다.

3. 가치 없는 책은 읽지 않는다.

4. 중등학력고사를 위해 열심히 공부하여 A학점을 받는다.

5. 개에게 친절히 대해 준다.

6. 수많은 죄를 짓고 있는 베리 켄트를 용서할 수 있을지 모르지만 노력한다.

7. 화장실을 쓰고 나서 깨끗이 청소한다.

8. 내 물건의 크기에 대해 더 이상 신경 쓰지 않는다.

9. 매일 밤 빼놓지 않고 등펴기 운동을 한다.

10. 새 단어를 찾아내어 매일 쓴다.

1월 2일 토요일 **스코틀랜드의 공휴일(곳에 따라 하루 더 줄지 모름)**

오스트레일리아의 나무껍질인데, 먹으면 땀을 흘리는 식물의 이름이 아아벡(Aabec)이라니 흥미롭다.

1월 3일 일요일

아프리카에 가서 땅돼지(Aardvark, 남아프리카산 개미핥기의 일종)

를 사냥하고 싶다.

1월 4일 월요일

아프리카에 가게 되면 남아프리카로 가서 그곳 늑대 (Aardwo−If)를
구경하겠다.

1월 5일 화요일

그러나 남아프리카산 아스보겔(Aasvogel, 독수리의 일종)에게 걸려
들지는 말아야지.

1월 6일 수요일

폭탄이 터지는 악몽을 꾸었다. 1983년 8월 내가 일반교육증명(GCE)
고사를 치를 때까지는 그런 일이 없었으면 좋겠다. 난 무식한 숫총각
으로 죽기는 싫다.

1월 7일 목요일

니겔이 내 경주용 자전거를 구경하러 왔었다. 그러더니 자기 것은
'노팅햄에서 주문 생산' 해 온 것이고 내 것은 '대량 생산' 된 것이라고
한다. 니겔에게 정이 뚝 떨어졌다. 그리고 내 자전거도 쬐끔 싫어졌다.

1월 8일 금요일

버트와 퀴니가 결혼식 초대장을 보내왔다. 1월 16일, 포클링턴 등기소에서 결혼식을 올린다고 한다.

난 그런 짓은 시간 낭비라고 생각한다. 버트는 90살이 다 되어 가고 퀴니는 80이 다 되었는데 말이다. 결혼 선물을 살 수 있을 때까지 이 초대장을 미뤄두어야 할 것 같다.

또 눈이 내린다. 엄마에게 여왕이 신은 것 같은 초록색 무릎 장화를 사달라고 졸라댔더니 흔히 신는 거지같은 검은 장화를 사왔다. 판도라를 우리 집 문 앞까지 데리고 올 때만 필요한 신발이다. 눈이 녹을 때까지 집 안에서 지내야겠다. 내 또래의 아이들과는 달리 난 눈싸움 놀이는 싫어한다.

1월 9일 토요일 **보름달**

니겔은 오늘밤 세상의 종말이 온다고 했다. 달이 완전히 붕괴한다는 것이다(니겔도 리더스 다이제스트를 읽고 단어 실력이 생겼나보다). 정말 하늘이 캄캄해졌다. 난 숨을 죽이고 최악의 순간이 오기를 기다렸으나 달은 조금 후에 다시 나타났고 세상은 여느 때와 똑같았다. 요크셔 시내에 큰 사고가 났다는 것만 빼고.

1월 10일 일요일

일흔 살인 레이건 대통령에 비해 마흔 한 살인 우리 아버지는 왜 그렇게 늙어 보이는지 모르겠다. 우리 아버지는 일도 안하고 걱정도 없는데 매우 피곤하고 지쳐 보인다. 가엾은 레이건 대통령은 전세계의 안정을 양 어깨에 지고 있는데도 항상 미소를 지으며 명랑해 보인다. 도대체 이해할 수가 없다.

1월 11일 월요일

작년 일기를 쭉 훑어보았다. 말콤 머저리지에게 당신이 지식인이라면 무엇을 하겠느냐고 물었었는데 답장이 없었다. 비싼 우표만 날린 셈이다! 대영 박물관에 문의할 걸 그랬나. 거기는 지식인들이 드나드는 곳이니까.

1월 12일 화요일

판도라와 함께 밤에 청년회관에 갔었다. 아주 재미있었다. 릭 레몬과 섹스에 관한 토론을 벌였다. 모두 아무 말 안했지만 릭은 자궁을 반으로 자른 흥미 있는 슬라이드를 구경시켜 주었다.

1월 13일 수요일

판도라의 엄마, 아버지가 굉장히 크게 다투었다고 한다. 그래서 별

거중이라는 것이다. 판도라의 엄마는 사회민주당에 가입했는데 아버
지는 노동당에 열성이다.

판도라는 자유당이어서 양쪽에 다 아무 문제가 없다.

1월 14일 목요일

판도라의 아버지가 작은 방에서 나와 항복을 했다고 한다. 판도라는
아버지를 변함없이 존경하지만 자기 아버지 직장에서 알면 가만 있지
않을 것이라고 한다.

1월 15일 금요일

고맙게도 눈이 서서히 녹고 있다! 마침내 편안히 길을 걸어다닐 수
있게 되었다. 점퍼 등 위에 눈덩이를 맞을 염려도 없이 말이다.

1월 16일 토요일 **하현달**

오늘 버트와 퀴니가 결혼을 했다.

앨더만 쿠퍼 양로원에서는 전세버스를 얻어서 할머니들을 모셔다
입구에 죽 늘어서 있는 의장대 역할을 하게 했다.

버트는 끝내주게 멋있었다. 생명보험을 현금으로 바꿔서 새 양복을
사 입었다. 퀴니는 꽃과 열매로 장식된 모자를 썼다. 얼굴의 주름살을
감추려고 오렌지빛 화장을 했다. 세이버도 목에 붉은 리본을 달았다.
동물보호협회에서도 친절하게 세이버가 주인의 결혼식을 볼 수 있도

록 해주었다. 우리 아버지와 판도라의 아버지는 독신자인 버트를 휠체어에 앉혀 들어갔다가 신랑이 된 버트를 데리고 나왔다. 할머니들은 쌀과 오색종이 조각을 뿌렸고, 우리 엄마와 판도라 엄마는 축하 키스와 함께 행운의 말편자를 선물했다.

신문사의 기자와 사진사가 나와서 모두를 세워 놓고 사진을 찍어 주었다. 어떤 사람이 내 이름을 물었으나, 나는 버트에게 조그만 선행을 베풀었다는 이유로 내 이름이 세상에 알려지기를 원하지 않는다고 대답했다.

피로연은 양로원에서 벌어졌고 보모는 'B' 와 'Q' 라고 쓴 케이크를 준비했다.

버트와 퀴니는 신혼을 양로원에서 보내고 월요일에 방갈로로 옮겨 간다고 한다.

신혼여행! 하! 하! 하!

1월 17일 일요일

어젯밤 꿈에, 나와 비슷하게 생긴 소년이 비를 맞으며 돌을 줍고 있었다. 무척 이상야릇한 꿈이었다.

지금 아이리스 머독의 『검은 왕자』를 읽고 있는 중이다. 열 마디를 읽어야 한마디나 이해할지 모르겠다. 아이리스가 쓴 책들 중 한 가지라도 재미있게 읽을 수 있게 된다면 기쁘겠다. 그럼 난 보통 사람들보다 한 수 위인 사람이 될 테니까.

1월 18일 월요일

학교. 학기 첫날인데 일반교육증명(GCE) 고사를 위한 숙제가 잔뜩이다. 해낼 자신이 없다. 난 지식인이긴 하지만 그렇게 영리한 편은 못 되는 것 같다.

1월 19일 화요일

『젊은이의 목소리』 483부를 가방과 아디다스 보조가방에 넣어 가지고 왔다. 존스 선생님이 창고를 비워달라고 했기 때문이다.

1월 20일 수요일

2시간 반 동안 숙제를 했다! 숙제 때문에 머리가 돌아버릴 것 같다.

1월 21일 목요일

머리가 아프다. 『멕베드』를 현대어로 번역하는 일은 2페이지 끝냈다.

1월 22일 금요일

정신적인 노동자보다 육체 노동자가 되는 편이 차라리 낫겠다. 이런 고통은 더 이상 견딜 수가 없다. 엘프 선생님은 내 숙제에 매우 만족한다고 하시지만, 판도라는 하는 것마다 붉은 글씨로 '최우수' 득점을 받으니 난 만족할 수가 없다.

1월 23일 토요일

5시 반까지 누워 있다가 세인즈베리 슈퍼마켓에도 못 갔다. 가정의 불행을 소재로 한 라디오 4막극을 들었다. 판도라에게 전화. 지리 숙제. 개와 놀았음. 자러 감. 일어남. 10분 동안 걱정. 일어남. 코코아를 타먹음.

요즈음 신경이 쇠약해졌다.

1월 24일 일요일

아이리스 머도크 작품에 지나치게 관심을 기울인다고 엄마에게 꾸중을 들었다. 학력고사 공부를 하는 학생이 고통스러운 사춘기에 대한 글을 읽는다는 것은 공부하는 데 지장을 많이 준다고 하셨다.

1월 25일 월요일 초승달

수학 숙제를 할 수가 없다. 〈선한 사마리아인〉에 전화를 걸었더니 친절한 남자가 답이 9/8라고 대답해 주었다. 절망에 빠진 사람에게 꼭 필요한 사람이다.

1월 26일 화요일

엉터리 사마리아인! 답은 9/8가 아니라 7/5이었다. 난 스무 문제 중

여섯 문제밖에 못 맞았는데, 판도라는 다 맞았다. 100퍼센트인 것이다.

1월 27일 수요일

엄마가 우리 집 거실에서 〈여성의 권리 신장 모임〉을 열고 있다. 여자들이 웃고 계단을 오르내리는 소리 때문에 정신이 집중되지 않아 숙제를 할 수가 없다. 조금도 여자답지 않은 여자들만 모여 있다.

1월 28일 목요일

역사 과목은 20문제 중 열다섯 개 맞았다. 판도라는 20문제 중 스물한 개를 맞았다. 히틀러 아버지의 이름을 맞췄기 때문에 특별점수가 추가된 것이다.

1월 29일 금요일

머리가 너무 아파서 조퇴를 했다(비교종교 시험은 못 치렀음). 아버지는 텔레비전 프로 '유아원' 을 보면서 '도토리가 자라 참나무가 되지요' 라는 유희를 열심히 따라 하고 있었다!

너무 충격이 커서 말도 하기 싫다. 그냥 잠자리에 들었다.

1월 30일 토요일

두통. 너무 아파서 일기를 쓸 수도 없을 지경이다.

1월 31일 일요일

판도라가 집에 왔었다. 판도라의 숙제를 그대로 베꼈다. 기분이 한결 나아졌다.

2월 ● February

2월 1일 월요일 **상현달**

엄마가 아버지에게 최후 통첩을 했다. 일자리를 구하든지, 아니면 집안일을 하든지 아니면 나가라는 것이다.

아버지는 열심히 일자리를 찾고 있다.

2월 2일 화요일

모올 할머니가 오셨다. 지난 주일에 강신술 교회에서 지구 종말의 날을 알려 주었다고 한다. 그게 바로 어제였다.

더 빨리 오려고 하였으나 커튼 빨래를 하느라고 오늘 오셨다고 한다.

2월 3일 수요일

아버지가 신용카드를 모두 빼앗겼다! 바클레이, 내트 웨스트, 아메리칸 익스프레스 모두 앞뒤를 가리지 않는 아버지의 씀씀이에 지친 것이다. 세월은 참 빠르기도 하다. 아버지의 실업 수당은 양말 서랍에 몇 파운드밖에 남아 있지 않다.

엄마는 지금 일자리를 찾고 있다.

우리 집 앞날이 눈앞에 훤히 보인다.

2월 4일 목요일

버트와 퀴니를 만나러 찾아갔었다. 장식품들이 방갈로에 가득 차 있어서 사람이 움직일 틈도 없을 정도였다. 세이버가 한번 꼬리를 흔들면 적어도 열 가지 물건은 건드릴 것이다. 비록 성 관계는 별로 없겠지만 두 사람은 매우 행복해 보였다.

2월 5일 금요일

2차 세계대전의 원인에 대한 글을 써내야 한다. 그런 시간 낭비를 왜 한단 말인가. 그 원인이야 누군들 모를까. 가는 곳마다 히틀러의 사진을 볼 수 있는데.

2월 6일 토요일

방금 숙제를 끝냈다. 피어 백과사전을 보고 베꼈다.

엄마는 호신술을 배우러 갔다. 앞으로 아버지가 토스트를 태웠다고 불평하면 태권도로 가슴을 걷어찰 모양이다.

2월 7일 일요일

하루 종일 심심하다. 우리 부모는 일요일이면 아무 일도 하지 않고 일요판 신문만 읽고 있다. 다른 집은 사파리 공원 같은 곳에 놀러 가는데 우리 집은 그런 적이 없다.

내가 부모가 되면 주말엔 아이들에게 많은 즐거움과 행복감을 주어
야겠다.

2월 8일 월요일 **보름달**

엄마가 마침내 일자리를 구했다. 자동전자 오락기의 돈을 수금하는
것이다. 구직 신청한 직업 소개소에서 급하다는 전화가 왔기 때문에
오늘부터 시작한다고 한다.

오락기에 돈이 꽉 차는 곳은 음침한 카페와 대학교 휴게실이라고 한
다.

엄마는 자신이 세운 원칙을 어긴 셈이다. 연약한 인간들의 강박관념
을 이용해서 낯간지러운 돈을 뜯어내는 일이니까.

2월 9일 화요일

오늘 엄마는 직장을 그만두었다. 일하는 중에 저질스럽게 놀리는 사
람들도 있고 10펜스짜리 동전에 알레르기가 있기 때문이라고 한다.

2월 10일 수요일

아버지가 양념통 선반 만드는 사업을 시작했다. 그래서 마지막 남은
실업 수당으로 나무와 접착제를 사들였다. 손님용 침실은 작업실로 변
했고, 집안은 온통 톱밥으로 가득 찼다.

난 아버지가 자랑스럽다. 아버지는 이제 회사 사장님이시고 난 사장

의 아들이 되니까.

2월 11일 목요일

학교 수업이 끝난 후에 싱 부인의 집에 양념통 선반을 배달했다. 운반하고, 또 그 집 벽에 붙여주는 데는 두 사람이 필요했다.

우리는 메스꺼운 인도 차를 얻어 마셨다. 싱 부인은 아버지에게 대금을 치르고 선반 위에 이국적인 인도산 양념들을 얹어 놓기 시작했다. 엄마의 파슬리와 백리향보다 훨씬 다양했다.

아버지는 개시 기념으로 샴페인을 한 병 사오셨다! 아버지는 자본투자라는 것을 모르는 모양이다.

2월 12일 금요일

판도라는 자기 아버지와 함께 토니 벤의 연설을 들으러 런던에 갔다. 판도라의 엄마는 로우버로우의 사회민주당 시위에 갔다. 가족이 정치 때문에 뿔뿔이 흩어지는 것을 가까이서 보니 슬퍼졌다.

난 누구를 뽑아주어야 할지 모르겠다. 어떤 때는 대처 여사가 아주 친절한 여자로 생각되지만, 다음날 텔레비전에 나타난 모습은 나를 겁나게 한다. 그녀의 눈은 정신이 이상한 살인자 같다. 목소리는 점잖지만 사람을 좀 헷갈리게 한다.

2월 13일 토요일

판도라는 토니 벤에게 홀딱 반해 버렸다. 아담 앤트에게 그랬던 것처럼. 나이든 남자가 중후해 보이고 더 멋있다는 것이다.

난 이제부터 콧수염을 기를 생각이다. 내일은 발렌타인 데이다. 커다란 카드 한 장이 오늘 도착했는데 세필드 소인이 찍혀 있었다.

2월 14일 일요일 성 발렌타인 데이

드디어 나도 친척이 아닌 사람으로부터 발렌타인 카드를 받았다! 판도라의 카드는 아주 매력적인 카드였다. 간단하게 사랑의 메시지를 적어 보내왔다.

아드리안, 너뿐이야.

난 가짜 빅토리아 시대의 카드를 보냈다. 내용은 이렇게 썼다.

나의 작은사랑.
당밀빛 머리칼과 무릎양말은
내게 깊은 감동을 주었다.
너의 모습엔 나를 사로잡는 마력이 있어.
난 단테, 너는 베아트리체야.

운율이 조금 안 맞는 것 같지만 시간이 너무 없었다. 판도라는 단테에 대한 문학적 지식이 없기 때문에 아버지의 서재에서 「신곡(神曲)」을 뽑아 빌려주었다.

아버지는 세필드에서 온 카드를 쓰레기통에 던져 버렸다. 그러나 아버지가 주점으로 나가자마자 엄마는 카드를 잽싸게 꺼내 보았다. 그 안에는 '폴린, 난 고통스럽소'라고 씌어 있었다. 엄마는 회심의 미소를 지으면서 카드를 찢어 버렸다.

2월 15일 월요일 하현달

학교에서 돌아와 보니 엄마는 그 징그러운 루카스와 통화를 하고 있었다. 엄마는 간지러운 목소리로 "그런 말은 말아요, 빔보. 우리의 관계는 이미 끝났어요, 달링. 이젠 잊으려고 노력해야 돼요"라고 말했다.

나는 이 이상의 정서적인 스트레스를 감당할 자신이 없다. 공부와, 토니 벤슨에 대한 판도라의 관심에 경쟁하는 것만으로도 난 너무나 벅차 있기 때문이다.

2월 16일 화요일

어젯밤에 판도라의 엄마가 우리 집에 찾아와서 양념 선반에 대한 불평을 늘어놓았다. 선반이 흔들리면서 로즈 마리와 투메릭 그릇들이 타일 바닥에 떨어졌다는 것이다. 엄마는 광에 숨어버린 아버지를 대신해서 사과를 했다.

나는 지금 세상만사 모든 것을 다 포기하고 나가서 방랑자나 될까 생각 중이다. 매일 목욕만 할 수 있다면 그것이야말로 인생을 즐기는 생활일 것이다.

2월 17일 수요일

엘프 선생님의 남자 친구 이야기를 들었다. 이름은 윈스톤 존슨이고, 문학석사를 땄다고 하는데 아직까지 직장을 못 구했다는 것이다! 그러니 나에게는 무슨 기회가 있을려고?

엘프 선생님은 학교 중퇴생들이 많아서 큰일이라고 하시면서, 스크루톤 선생님이 책상 위에 대처 여사의 사진을 놓아두는 것은 부끄러운 일이라고 했다.

난 급진주의자가 되어가고 있는 것 같다.

2월 18일 목요일

아침에 전교생은 강당으로 모이라는 방송이 있었다. 강단 위에 올라선 스크루톤 선생님은 꼭 영화에 나오는 히틀러 같아 보였다. 그는 오랫동안 교직 생활을 해왔지만 이처럼 심각한 문화 파괴행위는 처음 있었다고 말했다. 우리는 무슨 일이 벌어졌나 하고 조용히 귀를 기울였다. 누군가가 교장실에 침입해서 마가렛 대처의 얼굴에 콧수염을 그려 놓고 그 밑에다 '실업자 3백만 명'이라는 낙서를 해 놓았다는 것이다.

스크루톤 선생님은 이 나라의 위대한 지도자를 모독하는 일은 인간

성을 배반하는 범죄라고 못박았다. 옛날 같으면 반역죄로 몰아 범인을 즉시 추방시켰다고도 했다. 스크루톤 선생님이 어쩌나 눈을 무섭게 부릅떴는지 1학년생 몇 명이 울음을 터뜨렸다. 엘프 선생님이 그 애들을 밖으로 데리고 나갔다.

전학년이 필적 감정을 받았다.

2월 19일 금요일

엘프 선생님이 학교를 그만두었다. 무척 섭섭하다. 엘프 선생님은 나의 정치적 성장에 많은 영향을 주신 분이다. 난 지금 급진주의자이다. 거의 모든 것에 반대한다.

2월 20일 토요일

판도라, 니겔, 클레어 닐슨 그리고 나 이렇게 네 명이서 급진주의자 그룹을 결성했다. 이름은 '핑크 여단'으로 지었다. 우리는 전쟁(우리는 전쟁에 반대한다), 평화(우리는 평화를 지지한다) 그리고 자본주의 사회의 궁극적 파괴 같은 문제를 토론하게 된다. 클레어 닐슨의 아버지는 자본주의자로 야채 가게를 하는데, 클레어가 실업자들에게 값싼 음식을 무상으로 배급해 주자고 부탁했지만 그 애의 아버지는 거절했다는 것이다. 그는 가난한 사람의 굶주림으로 자신을 살찌우고 있다!

2월 21일 일요일

《선데이 익스프레스》지 때문에 아버지와 나는 논쟁을 벌였다. 아버지는 자신이 반동적 권리의 도구가 되고 있다는 것을 깨닫지 못한다. 아무리 《모닝 스타》지로 바꾸어 구독하라고 해도 막무가내다. 엄마는 아무거나 닥치는 대로 읽는 편이다. 자신의 교육을 쓸데없는 데에 낭비하고 있다.

2월 22일 월요일

나의 얼굴은 또 여드름투성이가 되었다. 성적으로도 무척 의기소침해졌다. 더 정열적이고 보다 깊숙이 사랑할 수 있다면 피부가 훨씬 나아질 텐데…….

판도라는 여드름 몇 개 때문에 미혼모가 될 위험한 일을 할 수는 없다고 한다. 그러니 난 점점 '방탕'에 빠질 수밖에 없다.

2월 23일 화요일

팬케이크를 우리 집에서 9개, 판도라 집에서 3개, 버트와 퀴니 집에서 4개를 먹었다. 할머니가 달걀 반죽 요리를 해주겠다고 해서 싫다고 했더니 마구 화를 내신다. 그렇지만 난 배가 꽉 차서 더 이상 먹을 수가 없을 지경이었다.

제3세계 사람들은 쌀 몇 톨을 먹고 산다니 정말 괴롭고 싶다.

내가 꼭 죄인이 된 것만 같은 심정이다.

2월 24일 수요일

학교 식당 아줌마들이 모두 해고당했다. 이젠 급식이 상자에 포장되어 배달된다고 한다. 강력히 항의를 하려고 했지만 내일이 지리 시험 보는 날이어서 참았다.

리치 부인은 30년 동안 커스터드 푸딩을 만든 보답으로 전자오븐을 선물 받았다.

2월 25일 목요일

지리 시험은 20문제 중 열다섯 개 맞았다. 포클랜드 섬이 아르헨티나 영토라고 했다가 틀렸다.

2월 26일 금요일

내 물건은 커졌을 때가 13센티미터이다. 줄어들었을 때는 재기도 어렵다. 전반적으로 몸매는 균형이 잡혀져 가고 있다. 허리펴기 운동이 벌써 효과를 나타낸 것이다. 전엔 흙장난이나 하고 노는 어린아이 같았으나 지금은 흙을 뒤집어 쓴 애들의 얼굴을 감상하는 편이다.

2월 27일 토요일

아버지는 일주일 동안 선반을 하나도 못 만들었고 팔지도 못했다.

우린 지금 사회보장기금과 실업 수당으로 생활하고 있다.

엄마는 생활의 빈곤함 때문에 담배를 끊었고 개에게 주는 처엄(개먹이 캔)도 하루 반 깡통으로 줄였다.

2월 28일 일요일

일요일 저녁 식사가 달걀과 칩과 콩이다! 푸딩도 없고 제대로 된 냅킨도 없다. 엄마는 우리가 '벼락 가난뱅이'라고 한다.

3월 ● March

3월 1일 월요일

엄마와 마찬가지로 아버지도 담배를 끊었다. 얼굴이 하얘져 가지고 집 안을 돌아다니며 내가 하는 일마다 트집을 잡으신다.

엄마가 집으로 돌아온 후 처음으로 두 분이 싸웠다. 개가 스펌 햄을 먹어 버렸기 때문이다. 개도 별 수 없었을 것이다. 가엾게도 몹시 굶주려 있다. 처엄을 다시 하루 한 깡통씩 주기로 했다.

3월 2일 화요일 상현달

엄마 아버지 두 분은 심각한 니코틴 굶주림 병을 앓고 있다. 나같이 담배를 피우지 않는 사람에게는 그러한 모습들이 우스워만 보인다.

3월 3일 수요일

나는 오늘 아버지에게 휘발유 한 갤론 값을 빌려 주었다. 직장에 면접을 보러 가야 하기 때문이다. 엄마는 아버지에게 이발과 면도를 해 주고 면접 보러 가서 해야 할 말과 행동을 가르쳐 주었다. 실업이 아버지를 어린애 같이 남에게 의존하도록 만든 것이 나의 가슴을 아프게 했다.

아버지는 직업 소개소의 연락을 기다리고 있다.

아버지는 아직도 금연 병을 앓고 있다. 성질이 폭발하기 일보 직전이다.

3월 4일 목요일

직장에서는 아직까지 연락이 없다. 난 될 수 있는 대로 집 안에 있기 보다는 밖에서 시간을 보낸다. 엄마 아버지와 같이 있는 것을 도저히 참을 수 없기 때문이다. 차라리 다시 담배를 피웠으면 좋겠다.

3월 5일 금요일

합격이다!!!

아버지는 월요일부터 운하 보수 감독으로 나가게 된다. 학교 중퇴자들을 맡을 거라고 한다. 취직 기념으로 아버지는 엄마에겐 '벤슨 앤 해지' 담배 60개피를, 자신을 위해서는 '플레이어' 담배 60개피를 샀다. 난 '마즈바' 한 통을 받았다.

온 식구가 모처럼 행복감을 맛보았다. 개도 즐거운가 보다. 할머니는 아버지가 일하러 갈 때 쓰라고 털모자를 짜고 계신다.

3월 6일 토요일

판도라와 함께 아버지가 맡게 될 운하에 가보았다. 천 년 동안 일하더라도 그곳에 쌓인 낡은 자전거와 유모차, 잡초와 코카콜라 깡통을 깨끗이 청소할 수 없을 것이다. 집에 돌아와서 아무리 일해도 깨끗해지지 않을 것 같다고 했더니 "천만에, 일 년만 지나봐라. 깨끗하고 아름다운 곳으로 만들어 놓을 테니." 하신다. 그래요! 그럼, 난 낸시 레이건이 되어 있을 거예요, 아버지!

3월 7일 일요일

아버지가 아침에 운하에 갔다 오시더니 침대에 들어가서 꼼짝도 하지 않는다. 아직도 침대에 누워 계신다. 엄마가 갖가지 말로 아버지를 달래고 있지만.

내일 아버지가 직장에 나가려고 할지 모르겠다. 내 생각으로는 안 나갈 것 같기도 한데.

3월 8일 월요일

아버지가 일하러 나갔다.

학교가 끝나고 운하 쪽으로 가보니 아버지가 젊은 사람 여러 명을 지휘하고 있는 것이 보였다. 일하는 사람들은 떨떠름한 표정을 하고 아버지의 말을 귀담아 듣지 않는 것 같았다. 옷을 더럽히고 싶지 않은 모양이었다. 일을 하고 있는 사람은 아버지뿐이었다.

아버지는 온통 진흙투성이었다. 난 그 젊은 사람들과 인사라도 나누려고 했으나 그들은 나의 제의에 코방귀만 뀌었다. 난 아버지에게 사회가 무심하고 거칠어서 그들이 소외감을 느끼는 것이라고 위로 비슷하게 늘어놓았다.

"집으로 꺼져, 아드리안. 공산주의자 같은 말은 하지 말고."

아버지도 조심하지 않으면 그들이 반란을 일으킬지도 모른다구요.

3월 9일 화요일 **보름달**

성적이 밑바닥에서 헤매고 있다. 철자법에서 20문제 중 다섯 문제밖에 못 맞았으니……. 의욕상실증에 걸린 게 아닌가 싶다.

3월 10일 수요일

아버지가 방과후에 판도라를 운하에 데려오지 못하게 했다. 판도라가 왔다 가면 일꾼들이 정신을 가다듬지 못해서 어떻게 다스려야 할지 감당할 수가 없다고 한다. 판도라가 눈에 띄게 아름다운 것은 사실이지만, 그들도 자신을 억제할 줄 알아야 할 텐데.

내가 그랬던 것처럼. 판도라는 우리의 관계를 절정에 이르게 하자는 내 제안을 거부했다. 때때로 판도라가 날 어떻게 생각하고 있는지 알 길이 없다.

난 매일같이 우리 사랑이 끝나지 않을까 하는 두려움 속에서 살고 있다.

3월 11일 목요일

판도라와 판도라의 엄마가 우리 엄마의 여성 클럽에 가입했다. 우리 집 방인데도 남자는 물론 소년도 출입이 금지되었고, 아버지는 거실에서 어린 아기를 봐야만 했다.

릭 레몬의 딸 헤로드는 식탁 밑을 기어다니며 "티트! 티트!"라고 소리를 질러댔다. 아버지가 자꾸만 시끄럽다고 말하기에 티트란 헤로드의 엄마 이름이라고 설명해 주었다. 헤로드는 아주 급진적인 아이이다. 다른 것은 절대로 먹지 않고 새벽 2시 전에는 자지 않는다. 아버지는 여자들은 집에서 요리나 하면서 가사 일에 충실해야 마땅하다고 말한다. 그러나 엄마한테 태권도로 당할까 봐 그것도 모기 만한 소리로 말한다.

3월 12일 금요일

아버지가 오늘 운하에서 기분이 좋았나 보다. 잡초 일은 이제 거의 끝났다고 한다. 그 기념으로 일꾼들에게 집에서 담근 맥주를 준다고 집으로 데리고 왔다. 일꾼들이 우르르 부엌으로 들어오자 싱 부인과 엄마는 매우 놀랐지만, 아버지가 바즈, 다즈, 마즈, 케브, 멜브, 보즈 등을 소개하자 그제서야 다소 안심하는 것 같았다.

보즈는 내 자전거 브레이크를 고쳐 주었다. 그는 자전거 고치는 데는 끝내주는 재주가 있다고 한다. 여섯 살 때부터 자전거 도둑이었다니까.

3월 13일 토요일

보즈가 내게 본드 냄새를 맡아보라고 권했다. 난 고맙지만 사양하겠다고 했다.

3월 14일 일요일

내가 아는 모든 여자들은 여성의 일할 권리에 대한 데모를 하러 갔다. 싱 부인은 변장을 하고 갔다.

릭 레몬이 공원에서 헤로드의 그네를 밀어주고 있었다. 그네를 너무 높이 올리니까 헤로드는 계속 소리를 질러댔다.

"티트! 티트!"

3월 15일 월요일

나는 요즘 두 여자로부터 사랑을 받고 있다! 과학 시간에 엘리자베스 샐리 브로드웨이가 빅토리아 루이스 톰슨에게 쪽지를 보냈다. '아드리안 모올에게 나와 데이트하겠냐고 물어봐 줘.'

빅토리아 루이스 톰슨(앞으로는 V.L.T.라고 쓰겠음)이 그 쪽지를 내게 전해 주었는데 난 싫다고 대답했다.

엘리자베스 샐리 브로드웨이(앞으로는 E.S.B.라고 쓰겠음)는 몹시 슬픈 얼굴을 하더니 눈이 빨갛게 되도록 울었다.

판도라와 엘리자베스가 둘 다 나를 좋아한다고 생각하니 기분이 좋아졌다.

요컨대 내가 그렇게 못생긴 편은 아닌가 보다. 꽤 인기 있는 걸 보면.

3월 16일 화요일

판도라와 E.S.B.가 운동장에서 싸웠다. 판도라에게 실망감을 느꼈다. 지난번 핑크 여단 모임에서 판도라는 평생 평화주의자로 살겠다고 맹세했었는데.

판도라가 이겼다! 하! 하! 하!

3월 17일 수요일 **아일랜드 공휴일, 하현달**

올리어리 씨가 밤 10시 반에 경찰차로 집에 왔다. 올리어리 부인이 아버지에게 와서 2층 침실로 올리어리 씨를 옮기는 일을 도와달라고 해서 아버지가 그 집으로 가셨는데 아직 돌아오시지 않는다. 2층 창문을 통해서 노랫소리가 들려온다.

학교에 가기 위해 잠을 자야 한다는 건 농담이 아니다.

3월 18일 목요일

존 홀트의 『아이들이 실패하는 이유』를 읽고 있다. 좋은 책인 것 같다. 내가 중등학력고사에 합격하는 데 실패한다면 모두 부모의 책임일 것이다.

3월 19일 금요일

내가 쓴 수필이다.

봄

물 오른 나무들은 싹을 터뜨리고, 어떤 가지엔 벌써 모양 잡힌 나뭇잎들이 매달려 있다. 나뭇가지는 술취한 허수아비처럼 하늘을 찌른다. 나무풍치는 비비꼬여 땅속으로 내려가 커다란 뿌리를 이루었다. 하늘이 눈부시게 빛나지만 알 수 없이 찾아오는 불안함은, 첫날밤 신방 앞에서 주저하는 신부의 마음과 같을까? 새들은 술 취한 허수아비 되어 솜 같은 구름 쪽으로 길을 잘못 들었다가 돌아온다. 투명한 시냇물은 종착지를 향하여 장엄하게 흘러간다. "바다로! 바다로!" 시냇물은 끊임없이 되풀이하여 소리친다.

외로운 소년, 정열을 안은 소년이 조용히 시냇물에 비친 자신의 모습을 지켜보고 있다. 소년의 가슴은 무겁기만 하다. 그의 시선은 화려한 빛깔의 호랑나비 위에 멎는다. 날개를 파닥거리며 날아가자 소년은 그것이 한 점이 되어 사라질 때까지 붉은 황혼을 응시한다. 소년은 산들바람에서 인류의 희망을 느낀다.

판도라는 이것이 내가 쓴 글 중에서 가장 훌륭하다고 했다. 하지만 난 아직도 가야 할 길이 멀다는 것을 알고 있다.

3월 20일 토요일 춘분

엄마가 머리를 짧게 잘랐다. 수잔 아줌마의 죄수 같은 모습이다. 조금도 엄마 같지가 않아서 '어머니 날'에 선물을 마련할 것인가도 망설여진다. 거기다가 엄마는 어젯밤 '어머니 날'을 바보들이나 참가하는 장삿속 소란이라고 말하지 않았던가?

3월 21일 일요일 **어머니날**

오전 11시 30분. 엄마는 누구한테도 선물을 받지 못했다. 그래서 종일 기분이 언짢았다.

오후 1시.

아버지가 "내가 너라면 체리 씨 가게에 가서 네 엄마에게 줄 카드와 선물을 사겠다"고 하면서 2파운드를 주셨다. 그래서 카드 속에(한 장이 남아 있어서 다행이었다) '엄마, 사랑해요'라고 쓰고 감초 드링크 5상자를 샀다(상자가 부서져서 싸게 살 수 있었다). 엄마는 기분이 무척 좋아져서, 아버지가 튤립 한 아름을 가지고 할머니 댁에 가서 다섯 시간 후에 술 냄새를 풍기며 들어왔는데도 아무 말 하지 않았다.

판도라의 엄마는 레스토랑에 가서 멋진 외식을 했다고 한다. 나도 이 다음에 유명해지면 우리 엄마에게 그렇게 해주겠다.

3월 22일 월요일

내 방의 책들을 정리해 보았다. 『에니드 블리튼스』를 빼고도 151권이다.

3월 23일 화요일

11일 후면 15살이다. 결혼을 하고 싶으면 1년 11일만 기다리면 된다.

3월 24일 수요일

이제 내 용모에 대해 걱정되는 부분은 90도 각도로 튀어나와 있는 귀이다. 기하각도기로 재어봤으니까 이것은 과학적인 사실이다.

3월 25일 목요일 성모마리아 축일, 초승달

영혼의 눈을 뜬 날이다. 선사인 피플이라는 종교 단체의 사람들이 오늘 집에 왔었다. 그들만이 세상에 평화를 가져올 수 있다고 한다. 가입비가 20파운드인데 어떻게 해서든지 마련해야겠다. 평화에 대한 일이라면 아무리 큰돈도 비싸다고 할 수 없다.

3월 26일 금요일

판도라에게 선사인 피플에 가입하라고 설득했는데 들은 척도 않는다. 그들은 내일 엄마와 아버지를 만나 신청서를 받을 것이다.

3월 27일 토요일

오후 6시에 선사인 피플에서 왔다. 그런데 아버지는 그들이 문 앞에 서서 비를 맞고 있어도 문을 열어주지 않았다. 그들의 옷이 흠뻑 젖었다. 철없는 아이를 세뇌시키려 한다는 것이 아버지의 말씀이다. 그들이 골목을 걸어나가는 것을 보고, 엄마가 "별로 신의 은총을 입은 사람들 같지는 않구나. 그냥 비에 젖은 사람들일 뿐이지"라고 말했을 때 나는 눈물이 조금 나왔다. 그것은 안도의 눈물이었을 것이다. 20파운드는 아주 큰돈이니까.

3월 28일 일요일

영국의 썸머타임 시작.

아버지가 시계를 앞당겨 조정해 놓는 걸 잊어버려서 판도라네 집에서 열리는 '핑크 여단' 모임에 지각했다. 우린 투표를 해서 판도라의 아버지를 빼기로 했다. 너무 좌익에 치우친 생각을 갖고 있기 때문이다. 앞으로 예상되는 치열한 대표 경합에서는 로이해터슬리를 그 후임으로 밀기로 했다.

클레어 닐슨이 새 회원을 데려왔다. 이름이 바바라 보이어인데 얼굴도 예쁘장하고 무척 이지적으로 생긴 아이였다. 그녀는 NATO의 핵무기 정책에 대한 판도라의 생각에 정면으로 반박하고 나섰다. 판도라도 하는 수 없이 중공이 미지의 변수라는 것을 인정해야 했다. 판도라는 클레어 닐슨에게 다시는 바바라를 데려오지 말라고 했다.

썸머타임—봄이 되어 해가 길어지면 시계를 1시간 앞당겨 조정해 주는 것.

3월 29일 월요일

바바라 보이어와 함께 급식을 먹게 되었는데 정말 멋진 소녀이다. 바바라가 판도라에게 많은 잘못이 있다고 말할 때도 별수없이 동의해야만 했다.

3월 30일 화요일

나는 바바라와 정신적인 간음을 하고 있다. 난 지금 영원한 삼각관계에 서 있는 입장이다. 이것을 아는 사람은 니겔뿐이다. 니겔은 비밀을 지켜주겠다고 약속했다.

3월 31일 수요일

니겔이 학교에서 다 소문을 내고 다녔다. 판도라는 오후 내내 양호실에서 누워 지냈다.

4월 ● April

4월 1일 목요일 **만우절, 상현달**

바바라 보이어가 우리의 짧은 관계를 정리하자고 했다. 바바라가 파트타임으로 일하는 애완동물 가게에 전화를 했더니, 판도라의 고민하는 눈빛을 더 이상은 그대로 볼 수가 없다는 것이다. 내가 만우절의 농담이 아니냐고 했더니 벌써 낮 12시가 지났으니 농담은 아니라고 대답했다.

난 이번에 중요한 것을 배웠다. 욕심 때문에 사랑을 잃는다는 것을.

내일이면 난 15살이다.

기분을 바꾸려고 면도를 했다.

4월 2일 금요일

난 15살이지만 법적으로는 아직 어린이다. 어제 다 못했던 일들 중에서 오늘 한 것도 없다. 힘이 쭉 빠진다!

친척들한테서 일곱 장, 친구들한테서 석 장의 카드를 받았다. 엄마 아버지는 일본제 잡동사니들을 선물했지만 버트는 서독제 모형 비행기를 사주었다.

판도라는 내 생일을 모르는 척하는 것 같다. 그렇다고 그녀를 원망하지는 않는다. 그녀의 신뢰를 저버린 것은 나였으니까.

보즈, 바즈, 다즈, 마즈, 케브, 멜브가 운하 일을 끝내고 와서 축하해주었다. 보즈는 모형 비행기에 쓰라고 접착제를 주었다.

4월 3일 토요일

오전 8시. 영국이 아르헨티나와 전쟁을 한다!!! 제4라디오에서 이제 막 방송이 나왔다. 내 가슴이 마구 뛴다. 반은 비극이라고 생각하면서도 반은 흥겨운 기분이다.

오전 10시. 아버지를 깨워서 아르헨티나가 포클랜드를 침공했다는 소식을 전했더니 아버지는 자리에서 벌떡 일어나셨다. 포클랜드가 스코틀랜드 해안에 있다고 생각한 것이다. 내가 8천 마일 떨어진 곳이라고 했더니 다시 누워서 이불을 뒤집어쓰신다.

오후 4시. 내 생애에서 가장 치욕적이고 비극적인 경험을 했다. 모형 비행기를 조립하다가 갑자기 본드 냄새를 맡아보고 싶은 충동이 일었다. 비행기의 착륙장치에 5초 동안 코를 대고 숨을 들이마셨는데 기분은 조금도 이상해지지 않고 코만 비행기에 붙어 버린 것이다. 아버지가 모형을 떼어내기 위해 병원에 데려갔는데 난 주위 사람들의 웃음과 조롱을 얼마나 참아야 했는지 모른다.

의사는 진찰 카드에다 '본드 환각자' 라고 기입했다.

판도라에게 전화를 했다. 비올라 레슨이 끝나는 대로 오겠다고 했다. 날 흔들리지 않게 지켜주는 것은 오직 사랑뿐이다.

사랑! 사랑! 사랑!